秘密診察室

館　淳一

幻冬舎アウトロー文庫

秘密診察室

目次

プロローグ

長い廊下を看護婦が歩いてゆく。照明は暗い。

個室のドアの前まで来て軽くノックして入った。

広い部屋だ。とても病院とは思えない内装と調度。まるで一流ホテルのようだ。

ツインのベッドルームで、一方に横たわっているのは若い娘だった。少女と言っていい年齢だろう。まだあどけない寝顔だ。

別のベッドではもう少し年上の女性が心配そうに座っている。真夜中すぎだというのに、彼女はまだ起きているつもりらしい。

「巡回です。どうですか、エリカさんは？」と看護婦が付添っている女性に訊《き》いた。

「はあ、今のところはよく眠っていますけど……」

看護婦はベッドに寝ている娘に近づき、顔を凝視した。軽いいびきをかいている。

「顔色はよくなりましたね。大丈夫ですよ。明日になれば元気になると思います。あなたも、もうお休みになったら？」と看護婦。

「はい。でも、もう少し起きています。何かまだ眠れなくて……」

「そうですか。じゃ、お大事に」

看護婦は部屋を出しなに、何気ない素振りで机の上の花瓶に薬のカプセルのようなものをほうりこんだ。

しばらくして付添いの女性は欠伸《あくび》をした。急に眠気がさしたらしい。服を脱ごうとしたがその手も止めてベッドにつっ伏すようにして眠ってしまった。

数分してまたドアが開いた。さっきの看護婦と二人の男だ。看護婦は車椅子を押してきている。男たちは背広を着ているが、とても堅気には見えない顔と態度である。

「付添いの子もぐっすり寝てるわ」と看護婦。

「よし」

男たちはベッドから少女を抱きあげた。入院患者用の寝衣の下の体はすんなりとしている。

「これが嵯峨《さが》エリカか。テレビで見るよりずっと小せえじゃないか」

車椅子に座らせながら若い方の男が呟《つぶや》いた。

「そんなもんだ。テレビってのは」と年上の痩《や》せ型の男。その間に看護婦は、付添いの女性をちゃんとベッドに押し込んでやった。

「さあ、行きましょう。代表と理事長がお待ちかねです」

「よしきた」

看護婦が先に立ち、若い男があいかわらず眠ったままの少女を乗せた車椅子を押し、その背後を守るように年上の男が続く。

廊下に出ると、ナースステーションとは反対の方へと進む。廊下の一方は窓、一方は個室のドアが並ぶ。そのつきあたりに鉄の扉がある。看護婦がそれを開けて車椅子を導く。さらにもう一つ、今度は劇場のドアのような防音のドア。それを開けるとガランとした倉庫のような空間に出た。三人の人物がいた。

一人は人品卑しからぬ五十代の紳士。もう一人は四十代の白衣を着た男。どうやら医師のようだ。残る一人は三十代半ばの女性。スラリと均整のとれた体をカッチリしたスーツで包んでいる。スタイルもよいが、女優にしてもおかしくないような美人である。

「お連れしました」と看護婦が女に言った。

「ご苦労さま。あなたはもういいわ。勤務に戻って」

「はい」

一礼して看護婦は出ていった。

「これが福川隆介《ふくかわりゆうすけ》の秘蔵っ子か」

一番年上の男が呟いた。つかつかと近寄り、車椅子に座ったまま、首を傾《かし》げるようにして眠っている少女を見下ろした。手を伸ばし、寝衣の襟をはだけさせて乳房を鷲摑《わしづか》みにした。少女の眉が顰《ひそ》められたが、眠りからは覚めない。

紳士の顔に卑しい表情が浮かびあがった。彼は眠れる少女の乳房をぐいぐいと揉《も》んだ。女が制止するように声をかけた。

「パパ、目を醒《さ》ましてしまうとまずいわ。後でいくらでも楽しめるんだから、とりあえずやることをやっちまいましょう」

「ああ」

名残り惜しそうに少女をまさぐっていた手をひっこめて、中年男は背後に控えていた白衣姿の男に言った。

「じゃ、やって下さい、先生」

「それじゃ……」

医師は手にした注射器を少女の上膊部《じようはくぶ》に打った。

「あ!?……」

十秒もしないうちに少女の瞼《まぶた》が開いた。ボーッとした顔で周囲を見回す。

「ぼくを見て、エリカちゃん」

少女の前に立った医師が彼女の注意を引き付けた。

「ぼくの目を見て」

両手で少女の顔を挟み、自分も凝視する。見つめ合ううちに少女の目はまたトロリとして焦点が合わなくなった。

「エリカちゃんは今、夏の浜辺にいる。周囲には誰もいない。そよ風が吹いて、太陽の光が眩《まぶ》しい。着物なんか着ているのがバカらしくなる」

少女は自ら立ち上がって寝衣を脱いだ。白いパンティ一枚の眩しいほど清純でみずみずしいヌード。乳首はうっすらとしたピンク色だ。

「間違いねぇ。こいつは本物の生娘だ」

年上のヤクザが年下の方に囁《ささや》いた。二人とも少女の甘酸っぱい体臭を嗅《か》いで股間がふくらみ始めた。

「パンティも脱ぎたくなる」

医師が囁くような声で言うと、少女は従順に従った。白い小さな布が床にハラリと落ちた。

医師はもう一つ、小さな注射器をとりあげた。

「たまらねぇ、早くやらせろ」

若い方のヤクザが小声で唸《うな》った。

「もう少し待って。そうしたら朝までたっぷり、この娘を可愛がっていいから」

女が二人の方を向いてそう言った。

医師がしゃべり続ける。

「なんだかおっぱいがムズムズしてきた。下腹も……急にオナニーがしたくなった」

少女は乳房を揉み始めた。

第一章　覗き見看護婦

祐美《ゆみ》は耳をすませた。

ブルルル……。

表通りを自動車がスピードを落としながら近づいてくる。

(来た……!)

腕時計を見る。午後八時ちょうど。彼女は十分ぐらい前から寮のトイレに入り、洋式便器に腰かけて待っていたのだ。頭の上の換気口を見上げながら。
ギ、ギーッ……。
正門の鉄格子の扉が開く音。

ザーッ。

正門から乗り入れてきた車が、前庭に敷き詰めてある砂利を踏み鳴らしながら玄関の前まで入ってきた。エンジンが止まった。祐美は立ち上がって天井の近いところに開いている換気口に耳を近づけた。そこから外を見ることは出来ないが、物音だけは意外なほどよく通るのだ。

バタン。バタン。

車のドアが二度開閉した。少なくとも二人の人間が降りた。それは足音でも分かった。一人は明らかにハイヒール。

(男女のカップルなんだ……)

ガチャ。ギーッ。パタン。

玄関のドアが開き、そして閉まる音がした。車でやってきた訪問客は邸の中に迎え入れられたのだ。その後はなんの物音も聞こえない。

(さて……と)

祐美は臆《おく》する心を励ますように胸中で呟いて立ち上がった。

彼女がいるのは鷹見《たかみ》クリニックの看護婦寮だ。寮といっても、個室として六畳間の和室が一つ、ほぼ同じ大きさの洋室が二つだけ。他に共用のダイニングキッチン、洗面所と浴室。内部はふつうのアパートやマンションと変わらない。今のところ、この寮で暮らしているのは祐美一人である。

寮の玄関を出て階段を降りる。そこが狭いホールになっていて、正面が通用口。右に診察室に通じるドア。つまり寮はクリニックの真上、二階にあるのだ。左には三間ほどの廊下が伸びて、祐美の雇い主である女医の邸宅に通じている。

祐美は廊下の突き当たりの閉じたドアを見つめた。彼女がその奥に入ったことは一度もない。ドアの向こうからは何の物音も聞こえてこない。

通用口のドアを開けると冷たい夜気が肌を刺した。その場で若い娘は、やっぱり気おくれして立ちすくんだ。

（やめようか。覗《のぞ》き見なんかしちゃいけないことだし、もし見つかったりしたら、クビになってしまう……）

まだ人生体験の浅い、十八歳になったばかりの看護婦は、それを考えるとやはり躊躇《ちゅうちょ》せずにはいられない。実際、この鷹見クリニックの待遇は抜群に良い。もし雇い主の機嫌を損じたら、それを失うことになるのだ。身をひそめる場所も同時に。

しかしその一方で、

（今、お邸の玄関から入っていった客たちは、どのような用があって来たのだろうか。令子《れいこ》先生が、あの不思議な部屋で何をしているのか……それを確かめてみなくては……）

好奇心が囁きかけ、唆《そそのか》す。

（大丈夫。絶対、ばれないはずよ。外は暗いんだから、明るい室内からは私の姿は見えないはず。それに、令子先生も覗かれるなんて考えてもいないだろうし……)

強力な磁力に吸い寄せられるように、若い住み込み看護婦の足は裏口へ向かって動き始めた——。


小松川《こまつがわ》祐美が女医・鷹見令子のやっている『鷹見クリニック』の看護婦となって三カ月がたつ。

特に何かの縁があったわけではない。准看になってから一年勤めていたF県ときわ市の総合病院を辞め、文字どおり逃げるようにして上京した。どこの医療機関も看護婦不足で悩んでいる。だから仕事の口だけは見つかると思っていた。

女性専門の就職誌を見て、たまたま目についたのがS区にある鷹見クリニックだった。個人経営の医院だが、そのわりには給料がよい。「個室寮あり、プライバシー・自由時間を尊重」という待遇条件にも惹《ひ》かれた。開業医の中には住み込み看護婦をお手伝い同様にこき使う者もいるからだ。それに何より、目立つような場所ではない。

電話をしてから訪ねてみた。鷹見クリニックは閑静な住宅街の中にある、一見、何の変哲もない医院だが、新築されたばかりの清潔で機能的な建物、清掃の行き届いた内部を見て、祐美はすっかり気にいってしまった。

女医の鷹見医師も、都会ずれしてなくていかにも実直そうな祐美を気にいってくれたらしい。その場で採用が決まった。スーツケース一つを提げて、単身上京してきたばかりの若い娘の身辺については、あまり詮索《せんさく》もせずに。

後になって、その診療所の裏側にある、鬱蒼《うっそう》とした樹木に囲まれた邸宅が女医の自宅だと知った。今は珍しくなった昭和初期に建てられた本格的な造りの西洋館だ。

聞けば、鷹見令子の祖父も父親も医師で、戦前からずっとここで医院を開業していたという。二年前、父親が引退したのを機に、女子医大を出て付属病院の勤務医として働いていた娘が跡を継いだのだ。

令子が引き受けた時、医院の建物も設備もすっかり老朽化し、そのせいで患者もだいぶ離れてしまっていたらしい。一年ほどして彼女は、瀟洒《しょうしゃ》なデザインの白タイル張り二階建ての診療棟に改築した。名前も『鷹見医院』から『鷹見クリニック』と変えた。

診療設備も一新されて見違えるようになったので、以前を知る患者は驚いたようだ。

「ここを建て直すのにずいぶんお金がかかったと思うけど、令子先生はお邸の土地を切り売りしたわけでもないみたい。銀行から借りたのなら利息も大変だと思うけど、大丈夫なのかねぇ」

待合室でお喋《しゃべ》りする患者たちがそんなことを言い交わしているのを祐美は何回か耳にした

ことがある。

開業医の世界も競争が激しくなり、個人経営の医院は経営が苦しくなっている。祐美もそういう事情を知らないわけではないが、あまり不思議に思うことはなかった。

というのも、鷹見クリニックはけっこう繁盛していたからだ。改築したことも影響しているだろうが、鷹見令子の人柄や個性的な魅力が患者たちを惹きつける大きな要因になっていることも確かだ。

鷹見令子は三十二歳。独身である。スラリと背が高く均整のとれた健康的な肉体と、いかにも優秀な医師らしい、キリッとして知的な美貌の持ち主である。

診察中の彼女は自信に満ちて、キビキビと動き、口調は歯切れがいい。それでいて弱者に対する思いやりも欠けてはいない。病状や治療法はできるだけ詳しく患者に説明する。どんなに扱いにくい患者に対しても笑みを絶やさない。ちょっとした病気なら、彼女が手を触れただけで治ってしまいそうな、そんな信頼感を抱《いだ》かせる、年齢以上に成熟した雰囲気を漂わせている。かといって老けて見えるということではない。舞台では実際以上に大きく見える、練達の俳優のような威厳とでも表現したらいいだろうか。

クリニックのスタッフに対しても親しみをもって接するので、誰もが彼女を尊敬していた。

スタッフというのは祐美の他に、正看護婦、受付兼会計の女性の三人だ。スタッフが全員住み込めるように寮も三人用にしたわけだが、あとの二人はどちらも結婚していて、自宅から通っている。だから寮には、祐美と入れ替わりに辞めた看護婦だけが住み込んでいた。

三人用の寮に祐美一人だけというのは贅沢なような気もするが、空いている部屋の一つは通勤している二人の着替え兼休憩室になっているし、もう一つの洋室は、急に気分が悪くなった患者を休ませるために使うから、満更ムダというわけでもない。

祐美はすぐに仕事に慣れた。土曜、日曜、祝日は休みという勤務条件は、前にいた総合病院とは比較にならないほど楽だ。住み込みだから通勤時間はゼロ。食費は支給され、しかも仕事の後は広い寮に一人だけだから気兼ねすることもない。雇い主は寛容で、募集広告に書いてあったとおり、祐美の個人的な生活にはまったく干渉しない。

（こんなラクな仕事でお給料を貰《もら》って、それでいいのかしら？）

祐美は時々、あまりにも恵まれた環境に不安を覚えることさえある。

ただ一つだけ気になることといえば、雇い主である鷹見令子のことだった。

令子は自分のプライバシーの部分に誰も立ち入らせない。それが徹底している。

毎日午後六時にクリニックを閉めると、令子は渡り廊下を抜けて自分の邸宅へと帰ってゆく。彼女が開業した時から勤めている湯山《ゆやま》看護婦でさえ、一度も本館――スタッフは令子の住んでいる家をそう呼んでいた――に招かれたことも、足を踏み入れたこともないという。

本館との境のドアは電子ロックになっている。0から9までのボタンで四桁の暗証番号を押さないと開かない。それを知っているのは令子だけだ。

急患や急用があって診察室や看護婦寮から連絡する場合のためにインタホンが設けられているが、めったに使われたことはない。

引退した令子の父親は、今は伊豆にある老齢者専用のマンションで暮らしている。令子の母親はすでに亡くなっており、彼女は一人娘だ。同居する家族はいない。食事や掃除などは通いの家政婦がやってくれているというが、夜は、宏壮な洋館にたった一人でいることになる。美貌と才能に恵まれているのだから、交際している男性がいてもおかしくないが、祐美が知る限り、そのような特別な相手がいる様子はない。

(私も夜は一人ぼっちだけど、先生もそうなのかしら？　どうして誰かと暮らさないんだろう？)

まったく本館の中が窺《うかが》い知れないだけに奇妙に気になるのだ。

ところが、そのうちに、あることに気がついた。

夜、本館を訪ねてくる客がいるのだ。それも頻繁に。

クリニックの建物は本館の敷地の西側に建っている。正門から来る客は、邸の玄関まで、砂利を敷き詰めた二十メートルぐらいの前庭に続く道を抜けなければならない。クリニックの建物はそのドライブウェイに背を向けた形になっている。

クリニックの本館側には、寮も含めて窓がない。本館とクリニックは、渡り廊下以外、視覚的にも完全に隔離されているのだ。クリニックを改築する時、そのように配慮して設計がなされたようだ。

ただ一つの例外が寮のトイレだった。場所的には本館の玄関を見下ろす位置にあるのだが、窓はなく天井近くに換気口がついているだけ。本来なら窓がついてもおかしくないのだが。

しかし、換気口からは案外よく音が聞こえてくるものだ。

時々、夜にトイレに入っていて、祐美は邸の正門の、鉄格子の扉が軋《きし》みながら開く音、出ていったり入ってきたりする車の音を聞いた。

鷹見令子は濃紺に塗装されたＢＭＷ八五〇ｉを持っている。医師会の会合や個人的な用事で出かけてゆく時の車の音は何度か聞いている。独特なエンジン音だから（あ、先生がお出かけだ）とか（帰ってきたわ）と気がつく。

ところが、時たまそうではない車の音とか、歩いてくる足音が聞こえてくるのだ。

時間は決まって夜の八時頃。そして十時か十一時頃に帰ってゆく。

車で来る客も歩いてくる客も、一人の時が多い。時には二人ということもあるようだが、大勢でやってくるということは絶対ない。しかも訪問客はひと晩に一組か二組。もし二組の場合は、後から来る客は十時すぎ。つまり前の客が帰った後にやってきて、帰るのは真夜中頃だ。

エンジンの音や足音だけで推測するしかないのだが、同じ人間が何回も通っているというわけでもなさそうだ。

その頻度は週に三度か四度ぐらい。つまり鷹見令子は私生活の部分でかなり多忙な夜を過ごしていることになる。

先輩の湯山看護婦にそれとなく聞いてみたが、夜は家に帰ってしまう彼女は、女医の自宅での行動をまったく知らない。

(不思議だわ。一体、誰が何のためにやってくるのかしら……)

一度気になりだすと、そのことが頭から離れなくなる。夜の八時近くになると、祐美は必ず寮のトイレに入り、便器に座りながら換気口からの音に耳をすますようになった。

来訪者たちはひっそりとやってきてひっそりと帰ってゆく。歩いてやってくる者は足音を忍ばせるようにして、車で来る者はドアの開閉音さえ気にしている様子が伝わってくる。連れ立って来た場合でも、滅多に話し声が聞こえてくることがない。

祐美はだんだんイライラしてきた。

(どんな客が何のためにやってくるのだろう? ヒントだけでも得られないかなあ)

そう思っていた矢先、ある日曜日、本館の内部を覗く機会がやってきた。

——鷹見令子は月に一度か二度、日曜日の早朝に自分の車で伊豆にいる父親のところへ出かけてゆく。

祐美の方は休日でも近くの商店街で買い物をするぐらいで、ほとんど遠出をしない。盛り場のような人目の多い場所に行く気にはなれないのだ。だから、その日も一人で寮に閉じこもっていた。

午後、退屈まぎれに庭の掃除でもしようと思いたった。令子に言われているわけではない。ただ体を動かしたくなったからだ。

祐美はサンダルをつっかけて外に出た。邸の正門から玄関のところまで、前庭を掃こうと思ったのだ。道具はBMWの入っていたガレージの中にある。

がらんとしたガレージの中に入って、祐美は気がついた。ガレージの奥の方のドアが開いている。何気なくそこから向こうを覗いた。緑の芝生が見えた。

(あ、ここからお庭に抜けられるんだ)

ふだんは車が置かれているので、そこにドアがあることなど気がつかなかった。

(ちょっと入ってみようか……)

ふいにそんな悪戯《いたずら》心が湧《わ》いた。

（どんなお邸なのか、庭から見るだけなら……）

ひょいとくぐると、ちょっとした目隠し用の植え込みがあって、すぐに広い芝生だ。案外手入れが行き届いている。その向こうに本館が聳《そび》えていた。

（うわー、庭も広いけど、お邸も大きいんだ……）

そうやって鷹見令子の住む邸宅を見るのは初めてだったので、祐美は驚嘆の声をあげてしまった。

鷹見邸は南側の庭を囲むように凹の字になっている。庭から向かって正面が居間、左側と右側にほぼ同じ大きさの、出窓のついた部屋が飛び出している。建物の周囲は平たい石を敷きつめたテラスになっていた。

（どんなふうになってんのかしら……）

主は留守で、邸は無人である。咎《とが》められる心配はないが、許しを得ていないことに疚《やま》しさを覚えながら、祐美は建物に近づき、窓から家の中を覗いてみた。

真ん中の居間は白いレースのカーテンがひかれていたが、室内は充分に見える。

モスグリーンの絨毯《じゅうたん》が敷きつめられ、中央の壁にはどっしりした大理石のマントルピースがしつらえられている。調度や家具は磨き抜かれて、どれも黒光りして重厚な感じのものだ。

高い天井からは、やはり年代ものらしいシャンデリアがぶら下がっている。

(うわー、豪華！　令子先生はこんなお邸に住んでるのか……羨《うらや》ましい)

左手――クリニック側に近い翼の部屋を覗く。やはりレースのカーテンごしに大きなテーブルと幾つもの椅子が見えた。かつては大家族が晩餐を楽しんだに違いない食堂だ。

今度は反対側の――東側の翼へ行ってみた。こちら側はぴったりと厚いカーテンが閉じられていた。

(残念、中が見えないわ。どうも応接間か書斎みたいだけど……)

背のびして出窓の枠にしがみついているうち、カーテンの一部分に少し隙間《すきま》があるのに気がついた。ただし背が届かない。テラスに白いペンキを塗った鍛鉄製の庭園用テーブルと椅子が置いてあるのが目についた。その椅子を持ってきて上に乗った。そうすると隙間の部分から中を覗くことが出来た。

(えっ⁉)

最初に目に入ってきたものを見て、祐美は驚いてしまった。

診察台。

広い、二十畳ぐらいはありそうな部屋だ。壁はクリーム色、床は暗い緑色のプラスチックタイルが敷きつめられている。その中央にデンと置かれているのは、間違いなく産婦人科用の診察台だった。

患者を仰臥《ぎょうが》させ、左右に足を開かせ固定させるための足台が取りつけられている。ステンレスの部分が、薄闇の中で冷たく輝いている。

（なんで、こんなものが？）

産婦人科用の診察台はクリニックにも置かれていない。ましてここは鷹見令子のプライベートの居室なのだ。祐美が呆気《あっけ》にとられたのも無理はない。

暗さに目が慣れてくると、診察台以外の、周囲に置かれたものが見えてきた。

それは看護婦である祐美が見慣れたものばかりだった。小型の無影灯、洗面器を載せた台、患者が脱いだ衣服を入れるための籠《かご》。診察を受けるためのスツール、点滴用のスタンド、医療器具を載せたキャスター付きの台。その上にはピンセット、鉗子《かんし》なども並べられている。

婦人科診察台の向こうには衝立《ついたて》が置かれていた。どうやらその向こうには普通の診察用ベッドが置かれているらしい。壁ぎわには流しと器具や薬品の入ったガラスの棚……。

（ここ、まったく診察室じゃないの。それも産婦人科の……）

何度も見渡して、祐美はそう結論づけた。かつて勤務した総合病院の産婦人科の診察室にあったのと同じ設備がほとんど揃っている。鷹見令子は自宅の一室を改造して、産婦人科のための診察室にしたのだ。

（だけど、どうして？）

祐美は頭が混乱した。これだけの設備を揃えるだけでずいぶん金がかかっているはずだ。最新型の診察台一つでも高級乗用車が買えるに違いない。クリニックの方に設置するのなら分かるが……。

夜、頻繁に誰かが訪ねてくる事実と重ね合わせると、考えつく理由は一つしかない。

(何か、秘密の診察をしているのだ……)

すぐに思い浮かんだのは、中絶という言葉だった。

有名な女優とか女性タレントが妊娠中絶する場合、絶対に秘密を守ってくれる医師と施設が必要になる。そのためにずいぶん遠方の病院に入院したりすると聞いたことがある。鷹見令子は、そういった顧客のために秘密の診察室を作り、ここで中絶手術を行なっているのだろうか？

(でも、令子先生は内科医よ……)

祐美は首を傾げた。町医者はたいていの患者を扱える。鷹見女医も内科の他、小児科、皮膚科、泌尿器科を診療項目に掲げているが、中絶手術までやるというのは無理だろう。

結局、分からないまま、寮に戻ってきた。

次の日の月曜日、診察室でいつもと変わらぬキビキビした態度で患者に接する、一回り以上年上の美人女医を見ながら、祐美は疑問を反芻《はんすう》していた。もちろん、そのことを令子に質問するわけにはゆかない。これまで誰も自宅に入れなかったのは、そういった設備があることを知られたくなかったからだろう。それを祐美が覗き見たと知ったら、令子は激怒するに違いない。

その疑問を解く方法は一つしかない。

もう一度、訪問客が来た時に覗くこと。

(何も、そんなこと、しなくても……先生が何をやってようが、私には関係ないことなんだから……)

自分に言い聞かせてみたが、好奇心はつのる一方だ。

トイレの換気口に耳をすましていれば、本館に客がやってきたことは分かる。そうしたらガレージを抜けて秘密の部屋の窓から覗いてみればいい。夜、本館の中にいるのは令子と謎の客たちだけなのだ。それに庭は暗い。闇を利用すれば気付かれずにすむ。

結局、好奇心に負けた祐美は、雇い主の秘密を知るために、覗き見を決行することにしたのだ。

動きやすいように、上は黒いTシャツ、下はジーンズという服装で、祐美はガレージに近づいた。足音を消すためにスニーカーを履いている。まるで泥棒にでも入るようだと自分でも思う。心臓は、決行する前からドキドキしている。

ガレージのドアを抜け、濡《ぬ》れた芝生を踏んで祐美は秘密の診察室へと近づいていった。すべての窓にカーテンが引かれていた。食堂は真っ暗だ。しかし居間と、診察室に改造された部屋は明かりが灯《とも》って、カーテンの隙間から洩《も》れている。

テラスに上がり居間を覗いてみた。誰もいない。

（やっぱり、お客はあの部屋に入ったんだ……）

診察室の窓の下に、音をたてないようにガーデンチェアを持ってゆく。出窓の下まで辿《たど》りついた祐美は、そうっとカーテンの隙間から内部を覗いた。

室内で行なわれている光景が目に飛びこんできた。

（えっ⁉……）

祐美の目が飛び出しそうなぐらいに丸くなった。

信じがたい光景が展開していたからだ。

第二章　熱蠟夫婦治療

室内には三人の人物がいた。

一人は女主人の鷹見令子、一人は男、そしてもう一人は女。

男は二十七、八、女は二十四、五歳といったところか。

祐美を仰天させたのは、この二人の訪問者の異様な状態だった。

女はパンティ一枚の裸で部屋の中央の診察台の上に仰臥している。

診察台は水平ではなく、背の当たる部分が少し持ち上がっている。両足は八の字に開いた足台の上で、脛《すね》の部分を革のベルトで拘束されていた。産婦人科の診察、治療を受けるなら奇妙なことだ。通常は上半身はそのままで、パンティは脱がせる。これではまるで逆ではないか。

それに、両手が頭の後ろ、ヘッドレストの下で組み合わされて手首を細縄でくくられているのも奇妙だ。

産婦が出産する際、力《りき》ませるために両手を左右のハンドルに摑ませて結わえることはあるが、このように腋窩《えきか》をさらけ出す形で縛るなど、通常の診察、治療ではありえないことだ。

さらに上を向いた顔に黒い布で目隠しが施されているのも通常ではない。恥部を見られる屈辱を少しでも薄めるために、胸の部分からスタンドでカーテンを吊って視野を遮るのが普通だ。目隠しなど絶対にしない。

頭上の診察用無影灯の眩しい光を浴びている血の気の失せたような白い肌は、胸や腹部が僅《わず》かに上下していなければ、まるで検死解剖を待つ死体のようにも見えた。目隠しされていても、この女性が気品のある、かなりの美貌の持ち主であることが分かる。その肢体は伸びやかで、胸のふくらみも腰のくびれもなかなか悩ましい曲線を描いている。

男の方の恰好も、祐美を充分に仰天させるものだった。

彼は患者用のスツールに腰掛けさせられているのだが、こちらは全裸だ。女性と同じぐらい色白で、体毛も少ない華奢な肉体だが、筋肉はやはり男のものだ。

スツールは診察台にいる女性の下半身に向くように、二メートルほど離れた床に置かれている。つまり男性は女性の、薄い下着に包まれた秘部を直視する位置に強制的に座らされていることになる。

彼もまた縛られていた。両腕は背中に回され、重ねた手首に弾力包帯が巻きついて自由を奪っている。

目隠しはされていないが、かわりに鼻と口を、やはり弾力包帯でぐるぐる巻きにされて声が出せない。彼の股を開かせる具合に、足首の部分がスツールの脚部に細縄でくくりつけられている。しかし下腹には大きめのタオルがかけられて、男の器官を隠していた。

診察台の女も、それに面して座らせられている男も、祐美に側面を見せている。つまり祐美は診察台を真横から見ているわけだ。

(これは診察とか治療といったものじゃないわ。この二人、まるで誘拐されて捕らわれているみたいじゃないの……)

祐美はまずそう思った。

しかし、この二人は自ら進んでこの邸にやってきたのだ。第一、どうして鷹見令子がこの男女を誘拐して監禁しなければならないのか。

祐美は何が何だかまったく分からない。

当の女医は、彼らに背を向ける形で壁ぎわのテーブルで何かをしていた。

白衣を着ている姿は昼間、クリニックにいるのと変わらない。

しかし、全身から漂う雰囲気は違う。

ふだんはヘアバンドで髪を押さえ、秀でた額を出しているのだが、今はナチュラルウェーブの黒髪を自然に垂らし、それが女っぽい妖艶《ようえん》さを生み出している。お化粧も濃い。ストッキングも黒い色のを着け、黒いハイヒールを履いているのが異様な感じだ。診察室では白っぽいものか肌色のストッキングにスリッパ履きだ。

（先生、いったい何なんですか、これは？）

そう問いかけたい気持ちで、祐美はアングリと口を開けて彼女を見つめていた。

女医が振り向いた。小さな注射器と消毒用の脱脂綿を手にしていた。注射の仕度をしていたのだ。

診察台に近づくと、まず女の太腿に注射した。次いで別の注射器で身動きできない男の太腿にも。いつものように手早く、ムダのない動き。

（筋肉注射みたいだけど、何のお薬かしら？）

最初のショックが去った後、祐美は好奇心をかき立てられて、ガラスに顔を押しつけるようにして、女医の行動を見守った。

彼女は再びテーブルに向かい何かを取り上げた。

「さあ、準備オーケイ。始めるわね」

初めて令子が言葉を口にした。彼女の手にしたものを見た時、祐美はまた自分の目を疑った。

赤い蠟燭《ろうそく》だ。かなり太い、祝宴とか儀式に使うような洋蠟燭である。女医はライターで芯に火をつけた。ボッと炎があがる。

「ふふ。覚悟するのね、お二人さん。あなたたちは縛られて、逃げることも抵抗することも出来ない。助けを呼ぶことも出来ない。この場の支配者は私。私に何をされても、ただ耐えるしかないのよ。分かるわね？」

口許に薄い笑みを浮かべながら診察台にくくりつけられた女体に近づく。その冷酷な笑みは、祐美が一度も見たことのないものだった。なぜか祐美は背筋がゾクゾクするような感じを受けた。

「最初はユカさんよ。罰をたっぷり与えてあげる。セックスの楽しさを味わえない、いけないあなたに……さあ、苦しみなさい」

囁くような口調で声をかけると、女医は診察台に仰向《あおむ》けにくくりつけられている、パンティ一枚の裸女の真上に燃える蠟燭をふりかざした。

炎で溶けた熱蠟が数滴、ダラダラーッとユカと呼ばれた女性の碗型に盛り上がった丘の頂点に落下した。

「ヒーッ！」

乳首のすぐ近くに蠟の雫《しずく》の直撃を受けた女体が、たまげるような悲鳴と共に弓なりにのけぞった。

（キャッ！）

祐美も思わず声をあげるところだった。あわてて自分の口を手で覆う。

（蠟燭責め！）

まるで自分の乳房に灼けるように熱い蠟の雫を垂らされたような錯覚で全身に鳥肌がたった。彼女は乳房がひどく敏感なのだ。

うち震える白い裸身を嬉しそうな表情で見下ろす女医の顔には同情や憐愍《れんびん》の色もない。

「ふふ。熱いでしょ。だけどどうしようもないのよ、あなたは。何をされても、どうすることも出来ないんだから」

そう言いながら、令子はさらにボタボタと熱蠟を女体に浴びせてゆく。

「うーッ、うわわッ。ひー、ひぃッ！　あううう……ウッ、熱い、熱いーッ！」

目隠しをされた裸女は絶叫しながら身悶《みもだ》えする。のたうつ。しかし両手も両足もしっかり診察台にくくりつけられているから、熱蠟の爆撃から逃れることは出来ない。みるみるうちに胸の二つの丘は赤い蠟の雫に覆われていった。

「ギャー、ううっ、熱いッ。やめて、やめてーッ。助けて、許してッ」

実際に耐えがたい苦しみなのだろう、激しい苦悶《くもん》で裸身が跳ね躍り、診察台が軋む。

「うるさいわね、これじゃ近所に聞こえてしまうわ」

苦笑した令子がガーゼを数枚取り上げて丸め、悲痛な声を吐き散らすユカという女性の口に押しこんだ。

「む、うがぐぐ、ふが、ウガーッ、ぐぐく……ッ」

口を塞《ふさ》がれたので、悲鳴はくぐもったものになった。

「さあ、もっと暴れなさい、泣きなさい、苦しみなさい。これは罰なのよ。生きててもどうしようもないあなたは、こういうことをされて当然なの」

令子はふりかざした手を移動させてゆく。それにつれて熱蠟の雫は腹部の方へと襲いかかってゆく。

「むー、うぐく、グウッ、ウグー、うぐーくうっ！」

釣り上げられた魚が甲板の上で跳ねるみたいにビンビンと裸身をうち震わせるユカ。たちまち全身に脂汗が噴き出してきた。

（相当に苦しいに違いないわ。ひどい、令子先生……どうしてそんなことを……）

祐美はガタガタ震えながら、美貌の雇い主が年下の麗人を熱蠟で責めるのを見守っていた。

女医は明らかに楽しんでいるのだ。悶え苦しむユカを眺める目は熱を帯びて輝き、蠟燭を持っていない方の左手はまるでかさぶたのような赤い蠟の雫で覆われてゆく柔肌をまさぐり、冷酷にぐりぐり揉んだり、つねったり、平手で叩いたりする。それは新たな苦痛と屈辱をユカに与える。

「まだまだよ。これは序の口。もっと辛い本番は、これから……」

女医は愉快そうに言い、さらに太腿の敏感な部分へと熱蠟の攻撃をかける。

「ぐー、うっ、うぐー、むぐぐく」

ユカは診察台から完全に背も尻も浮かせて体をのけぞらせる。脂汗を流して苦悶する女体は一種、凄艶な美、悽愴なエロティシズムを感じさせ、窃視《せつし》する祐美はゾクゾクするような昂奮を覚えた。少しの間、彼女の股間に向かい合わせに座らせられている裸の男のことを忘れてしまった。

しかし、令子は忘れていない。楕円《だえん》形に切れこんだ臍《へそ》の周囲にダラダラと熱蠟を垂らしながら、身動き出来ぬ状態にされている男に向かってこう言ったのだ。

「ふふふ、どう？　ミツオくん。あなたの最愛の女性がこうやって責められて苦しんでいるのを見るのは……やめてほしい？　解放してほしい？　ダメよ。ユカはもっともっと苦しまないと。おやおや、どういうこと？　キミ、立ってきたんじゃない？」

（わッ！）

祐美の視線は男の、令子の指摘する部分に注がれた。

彼女は自分の目を疑った。

全裸の腰と膝にかけられているタオルが、まるで支柱を立てたテントのように盛り上がっていたからだ。男はカッと目を開いて魅せられるようにユカという女の苦悶を眺めていたのだが、女医に言われて初めて自分の昂奮状態に気がついたようだ。

「む、むう、うむ……」

真っ赤になって俯《うつむ》く。だが視線を逸《そ》らしたぐらいで収まるような昂奮ではないのだ。

「どれどれ」

令子は蠟燭を手にしたまま診察台を離れ、スツールに腰掛けた状態で縛られているミツオという青年に歩み寄った。サッと手を伸ばし男の器官を覆っていたタオルを取り去ってしまった。

「うーっ！」

口の部分に弾力包帯を巻かれて声が出せないミツオは、怒張している欲望器官を露呈させられてしまった屈辱と羞恥に体をうち震わせた。もちろん、両足がスツールの脚部にくくりつけられているから立ち上がることも出来ない。

「ふーん、これは一体どういうことですかね……」

冷笑するような声を浴びせた女医。ミツオの剝《む》き出しの男性器官は垂直に近い角度で天井を睨《にら》んでいたからだ。実際、真っ赤に充血した亀頭の先端からは透明なカウパー腺液が吐き出されて粘膜を濡らし、糸をひくようにして垂れている。

「ユカはあなたの最愛の女性でしょ。神の前で永遠の愛を誓った相手じゃなかった？　その彼女がこうやって私に虐《いじ》められてるのを見て、ビンビンにおっ立て、それどころか昂奮のあまり先っちょをヌラヌラさせているって、どういうこと？　キミは本当はそういう変態だったの？　じゃ、見て楽しみなさいよ。ほら、こういう風に苦しむのはどう？」

ユカの腹部から太腿へと白いなめらかな肌を覆ってゆく熱蠟は、しだいに一枚の薄布――パンティで包まれているギリギリの部分へと落下してゆく。暴れもがく女体を押さえつけ股をこじあけ、腿の付け根、それも会陰部に近い方まで。

「うーっ、うぐーッ、むむむ、ウーッ！」

ビクンビクンと跳ね、ガクガクと首を揺さぶり、ブルブルと腿や脚を震わせ、ハアハアとふいごのように荒く腹部を上下させるユカの裸身。

「ほら、もっと苦しみなさい。あなたが苦しむのを見て喜ぶような男を受け入れた罰なのよ。ほら、ほら」

ますます愉快そうに、いっこうに残酷な責めの手を緩めない女医は、とうとうパンティで包まれた部分への攻撃を開始した。

ユカが穿《は》いている白いパンティは薄いナイロン製で、横の部分は紐《ひも》に近いほど細く、後ろの方はTバックになっている。レースの飾りとかフリル、刺繍《ししゅう》の類《たぐい》は何もないシンプルなデザインのものだ。股布の部分が二重になっておらず、パンティストッキングのように縦に縫い目が走っているところを見ると、水着やレオタードの下に着けるための下着のようだ。その特徴はぴったりと肌に密着して皺《しわ》にならず、ずれたりしないことだ。

このパンティは特に伸縮性に富んでいて、しかも白い生地だから、恥丘のあたりは黒い繁みが逆三角形に透けて見える。その豊かな丘の頂点あたりから熱蠟の爆撃は始まって、徐々に女体の下腹に刻み込まれ、スキャンティがしっかり食い込んでハッキリ形状を露《あら》わにしている谷間の部分へと下ってゆく。

(キャーッ、あれじゃたまらないわよ!)

ガーデンチェアに立って窓から顔を押しつける姿勢で見つめている祐美は、まるで自分が秘部に熱蠟を浴びたような錯覚さえ覚えて震えあがった。いくら下着ごしとはいえ、あんな薄いナイロンでしかない。女体で一番敏感な部分に熱蠟の直撃を受けるのは堪らない苦痛のはずだ。

「ぐーっ! うぐぐぐー、ぐうぐぐぐーッ!」

目隠しをされ、口の中にガーゼを押しこめられている女性は、腟の部分を固定している革ベルトの尾錠《びじょう》を壊しかねないほどの激しさで暴れた。やはり秘裂の部分に受ける熱さは比べものにならないのだ。

「おお、まあ、よく効くわね、さすがに……」

鷹見令子はその部分に容赦なく蠟の雫を垂らしてゆく。

(ひどい……何て残酷なの!)

その非情さに祐美は驚き、かつ憎しみさえ覚えたことだ。これが昼間、患者やスタッフたちに尊敬される、温かい笑みを浮かべている女医と同一人物だとは、とても信じられない。

しかし、それからすぐに、ユカの体に祐美を困惑させるような変化が現れた。

呻《うめ》きと悶えのトーンが、しだいに緩やかなものになっていったからだ。熱蠟は女体の中心へと執拗《しつよう》に雨のように注がれているから、苦痛の量は同じか、さらに激しくなってゆくはずなのに、それまでのような激しい暴れ方が、だんだん静かになってゆく。といっても動かなくなるわけではない。あいかわらず悶え、のたうっているのだが、大きな波に揺さぶられるような悶え方だ。

(どうしたの? 体力が尽きて弱ってきたのかしら?)

そういう苦しみ方というのは、看護婦の体験からしてもあまり見たことがない。

「むー……うー、ううっ、うぐ……」

秘部に食い込んだナイロンはもうすっかり蠟に覆われてしまった。時々、思い出したかのように弓なりに背を反らせる汗まみれの裸女は、ヒップを回転させたりくねらせたりして、見方によっては自ら熱蠟の攻撃を浴びたがっているかのようにも見える。

(うーん、ヘンだ……)

息をこらしながらユカの変化を見守っていた祐美は、あることに気がついて思わず赤くなった。

息もたえだえといった状態で悶えているユカは、セックスで陶酔している女性にそっくりなのだ。祐美も男に抱かれて夢中になっている時、こんなふうな反応を見せているのではないか。どこか悩ましさを感じさせる呻きにしても……。

(そんなバカな。あんな熱い苦しい思いをしているのに……)

だが、どう見ても性的に陶酔している感じだ。そのことを令子も察しているらしい。

「ふふふ、だんだん気持ちよくなってきたようね。感じてきたのかな……」

蠟の責めを中断すると、診察台の傍のキャスターの付いた台の上から光るものを取り上げた。メスだ。

(キャッ、何を!?)

一瞬首をすくめた祐美。女医はパンティの横の、一番細い部分をつまみ、鋭利な刃先でナイロンをスッパリと切り裂いた。さらに反対側も。溶けた蠟がいっぱい付着した下着は一瞬のうちにボロ切れとなって無造作に投げ捨てられた。

「！………」

その時、男の表情に変化が現れた。

予期せぬ驚き。

彼の目の前にはユカの、大きく割り広げられた股間がモロにさらけ出されている。

「！………」

目がまたカッと大きく見開かれた。信じられないという表情。

「ぐー、ううっ、むー……」

責めは中断されたのに、ユカはまだ呻き続け、悶え続けている。腰が淫《みだ》らな感じにくねり、うねる。もう間違いない。それは性的な陶酔状態にある女の反応だ。

いつの間にか女医は手に使い捨ての薄いゴム手袋をはめていた。

「ほら、ミツオくん。あんたの彼女は本当は凄い感じる、セックスの大好きなスケベ女なのよ。それもとびきり変態のマゾ。見てごらん」

女医の手がユカの割り広げられた股間へ伸びた。祐美の位置からはハッキリ見えないのだが、令子はユカの秘唇の部分を指で広げてみせたに違いない。

「ね？　内側からこんなに液が溢《あふ》れてるでしょ？　これは愛液よ」

指をさらに動かす。

「うー、むっ、ううー……」

目隠しをされたユカが首を左右に振るようにして悶えた。苦痛ではない。ミツオに丸出しにされた秘部を覗きこまれ、女医によって玩弄《がんろう》される羞恥《しゅうち》でもない。性感をさらに刺激されたものの反応だ。

「自分の目でよーく確かめてみるのね」

女医はミツオを座っているスツールごと診察台のすぐ前まで引き寄せた。スツールにはキャスターが付いているから、簡単に男はユカの股の間に顔を突っ込める位置に置かれた。産科医はそうやって患者の股間に座る形で診察することがある。

「蠟燭で責められて、こんなにおまんこを濡らす女は私も初めてだわ」

そう言いながら女医はミツオの口をグルグル巻きに覆って発声を禁じていた弾力包帯を手早くほどいた。祐美が初めて男の表情を見た。血走った目をしていなければ、なかなかのハンサムだ。

まだ後ろ手に縛られ、足はスツールにくくりつけられ自由を奪われた身であるが、股間の勃起は萎《な》えていない。いや、前よりも盛大に透明な液を溢れさせて、ほとんど腹にくっつかんばかりの激烈な怒張を保っている。

目の前で若い女——彼と特別の関係にあるらしい——が裸にされて蠟責めに狂い悶え、その結果、しとどに秘部を濡らすまで性的に昂奮させられるのを直視してきたのだ。しかも、今は秘部の匂いが嗅げる位置まで接近させられた。ミツオもまた昂奮しないわけがなかった。

「ついでに舐めてみなさいよ」

令子はゴム手袋をはめた手で男の頭をグイと摑み、ユカの秘部へグイグイと押しつけた。

「あ、むー……」

男は驚いたような声を出したが、股間に埋めた顔はそのままだ。やがてピチャピチャという音が聞こえてきた。ミツオはユカの濡れた秘部に熱烈な接吻——クンニリングスを行ない始めたのだ。

「う、むー、うぐ、ううっ、ぐー……」

目隠しをされているユカは、再び悶え狂い始めた。

「じゃ、あんたたち、そうやって楽しんでなさい」

女医はユカの裸身を覆っている、冷え固まった熱蠟の屑《くず》をバラバラと払いのけてやる。ほとんどの蠟が彼女の体から取り除かれた頃、ユカの熱狂は極点に近いところまで達していた。

「ぐ、うっ、むぐーっ！　うぐくう、うっぐーっ！」

ヒップが臼《うす》のようにぐりぐりと回転する。ミツオも夢中で彼女の溢れてくる愛液を舐《な》め啜《すす》り、膣口から舌を差し入れようとでもするかのように頭をキツツキのように前後に往復運動させている。

「それだけ夢中になれば大丈夫ね。さあ、一緒にさせてあげる……」

女医はミツオを縛っていた縄を解《と》いた。スツールからも解放する。それを待ち兼ねたようにミツオは立ち上がり、自分の怒張を握りしめると猛然とユカの秘唇へと押しあて、一気に埋めこんだ。

「ぐーッ！」

のけぞる裸身。女医は彼女の口に押しこめていた、唾液をたっぷり吸ったガーゼの束を取り去ってやった。

「思いきり叫んでいいわ。たっぷり楽しむのよ」

令子は一歩しりぞいた。ミツオは彼女の声など耳に入っていない。彼女など居ないかのように、ユカの腰を抱えるようにして差し貫いた欲望器官を凶暴なほどの勢いで抽送している。ビチャビチャという愛液で濡れた部分が摩擦される淫靡《いんび》な音が、ハッキリと窓の外の祐美にまで聞こえてきた。

「あーっ、うわー、あああいいい、いいいいッ、いいわッ！」

まだ診察台のヘッドレストの部分に両手を縛りつけられているユカだが、叫びながら男の動きに合わせて自分もヒップをリズミカルに前後にうち揺する。

令子はもう手を出さず、興味しんしんといった様子で無我夢中になって交合している若い男女を見守る。

「あうっ、ああ、おおおお……イク、イクぞ」

ミツオが呻いた。

「うあっ、あーうっ、いいあああっ、いいいいうううッ」

ユカもうわごとのような訳の分からない言葉を口走り、腰を揺すりたてている。

「おうっ、むう、ウグク、うーっ！」

男が獣のように吠《ほ》えたかと思うと、したたかに一度、二度、三度と強く自分の腰をユカに叩きつけた。

(射精した！)

祐美には結合している部分は見えないが、その瞬間、男の器官からユカの子宮めがけてドロドロに溶けた男の激情のエキスが噴射されたのが分かった。

「あーっ、ああうっ、あっううっ、いいいうっ……いいいい」

ユカがぐんと腰を跳ね上げ左右に揺すり前後にうち振った。爪先までビビビと痙攣《けいれん》が走った。

（こっちもイッた……）

祐美はオルガスムスにうち震える女体を呆然《ぼうぜん》として眺めていた。

まだ結合したままガックリとユカの体の上に倒れこむミツオ。

「むー、ううん、ウーッ……」

ユカも獣めいた呻きを吐き散らしながら、まだ身悶えしている。

「抜いちゃダメよ。そのままにして……ユカが満足するまで」

令子はそう命令している。ミツオはその命令に従った。

「あうっ、うー、ううっ、むーん」

ユカはしばらく男の体の下で腰をくねり悶えさせていた。その唇をミツオが吸う。

唇と唇、性器と性器を結合させた状態でカップルは十分ほど重なっていた。

やがて令子が抜去を許可し、ガーゼで濡れた二人の器官を拭《ぬぐ》った。

「さっ、私はまだユカに用があるから、キミは向こうでシャワーを浴びてきなさい」

令子が命じ、男はふらつくような足どりで部屋を出ていった。

ユカは目隠しの布をとられ、両手両足の拘束も解かれた。女医に抱えられるようにして診察台を降りる。こちらも足元がふらついている。

「盛大にイッたじゃないの」

令子は全裸の女を抱いたままそう言う。

「はい……」

ようやく我にかえったらしいユカという女――祐美は今初めて彼女の顔をハッキリ見ることが出来て、その気品のある美貌に驚いたのだが――は、含羞《はにか》むような笑みを返した。

「ちゃんと出来たんだから、これからはもう大丈夫よ」

そう言って、年下の女の肩を押した。ユカは自然に床に跪《ひざまず》く姿勢になる。

「さあ、この前と同じように、お返しをして頂戴」

女医の声は心持ち熱っぽい。

「はい。分かりました……」

ユカは素直に頷く。

「…………」

令子は白衣のボタンを外し前をはだけた。
（アッ）
今度こそ祐美は、驚きの声を洩らしてしまった。

女優として通用しそうな美貌の女医は、白衣の下は、ストッキングだけの裸だったからだ。

豊かに成熟した乳房、ユカに負けないぐらい引き締まったウエスト、よく張り出したヒップからたくましい筋肉をつけたような太腿——その肌は若い娘のように瑞々《みずみず》しく輝き、張り切っている。

ストッキングは腿までのセパレートのストッキングで、上端を赤い、フリルのついたガーターで留めている。フレンチカンカンの踊り子が着けているようなハデな色とデザインのやつだ。祐美は生まれた時からパンティストッキングしか穿いたことがないから、そういうのを目にするのは初めてだ。

黒いエナメルのハイヒールを履いた足を踏ん張るように開いて仁王立ちの姿勢をとった鷹見令子は、はだけた白衣の前から見事な裸身をユカに見せつけながら命令した。

「さあ、キスしなさい、ここに」

「………」

床に跪いた全裸のユカ——まだ体のあちこちに赤い蠟の雫をこびりつかせている——はそっと手を伸ばしてフサフサとよく繁茂した女医の秘毛に触れた。

指が逆三角形の黒い繁みの底を掻《か》き分ける。顔が前に突き出された。

(うそッ)

祐美は息を呑んだ。心臓が飛びだしそうになった。

ユカという女は自分より十歳近く年上の女医の秘部に唇を押しつけたのだ。ついさっきまで自分がミツオにされたように……。

「ふふ、濡れてるでしょ。あなたたちのに刺激されたのよ。ちゃんと舐めて綺麗にするのよ……ああ……」

ピチャ、チュッ、チュバッ。

ユカが舌を使う音をたて始めると、女医はうっとりとした表情になった。

「そうよ、クリトリスを吸うの。それから指も入れてちょうだい。中を掻き回して。そう、そこ……あっ」

女医の指示に従って舌を使い、指を動かすユカ。彼女の指は二本、令子の膣の中に挿入されている。

「あっ、うう……そうよ、ちゃんと吸って、舐めて……あっ、うっ……うっ、いい。感じる……最高よ」

女医の声はだんだんうわずってきて、脈絡がなくなってきた。最後は断続的に呻き声とすすり泣くような声が入りまじった。五分ほど時間がすぎた。

「あうっ。オーッ。むむむ……」

ビクンと全身が震え、白い喉を反らせた。その喉からクーッと鳩《はと》の鳴くような声が放たれて、祐美はハッキリと女医がオルガスムスに達したのを知った。彼女の手で股間にグイグイと押しつけられているユカの頭部は、太腿に強く挟みこまれた。

二人の体が離れるより先に、祐美は窓から顔を離してそうっとガーデンチェアから降りた。ずうっと同じ姿勢をとり続けていたせいか膝がガクガクいい、思わずその場に膝をついてしまった。

（大変なものを見てしまった……）

祐美は冷たい夜気の中で震えていた。寒いのではない。昂奮のせいだ。パンティの股布の部分がぐっしょり濡れているのが自分でも分かる。

「さあ、あなたもシャワーを浴びてきなさい」

元の冷静な口調にかえった令子の声が聞こえてきた。祐美は足音を忍ばせてそうっと秘密の診察室から離れた。

第三章　第二秘密診察室

どんなふうにして寮に戻ったのか、祐美はほとんど覚えていない。

それだけ、自分が目にしたことに混乱させられてしまったのだ。

あの残酷で淫らな儀式を窃視している間におびただしい愛液が分泌されて、パンティはまるでお洩らしをしたみたいにぐしょぐしょに濡れている。

個室に入るやいなや、若い娘は毟《むし》るようにして着ているものを脱ぎ、全裸になってベッドに倒れこんだ。

仰向けになって両膝を立てるようにして股を広げ、自分の指で自分の一番敏感な部分を狂ったように愛撫《あいぶ》し始めた。

祐美は健康な肉体の持ち主で、性的な体験も十八歳の娘にしてはかなり積んでいる。なのに上京してここに住み込むようになってからは、まったくセックスをしていない。当然ながら子宮が疼《うず》く時もある。そうでない時でも、夜、ベッドに横たわっていろいろなことを考えると眠れなくなることもある。そういう時は自分の体を愛撫し、孤独な性の悦楽に浸る。毎晩というわけではないが、オナニーをしない夜の方が少ない。

誰でもそうだが、オナニーの時、人はそれぞれ、独自の儀式めいた手順に従う。祐美の場合も、最初に乳房を揉み、乳首を刺激し、次いでパンティの上からヴィーナスの丘に触れ、クリトリスを刺激する——といった手順があるのだが、今夜だけは無視された。それだけ昂奮しきっていたのだ。いきなり秘毛を掻き分けて左手の人指し指と薬指で秘唇を広げ、充分にせり出している充血しきったクリトリスを中指の腹で円を描くように摩擦する。同時に右手の人指し指、次に中指を挿入して膣の前壁——ちょうどクリトリスの内奥側にあたるザラザラした部分を刺激する。ギューンと快美な感覚が彼女の子宮を突き上げてくる。自然に尻が浮いて、爪先までピンと伸びて痙攣が走る。よがり声が発せられる。

「あっ、あうっ、ウーッ！」

目をきつく閉じると、今さっき見た淫らな光景が瞼の裏側に再生されてゆく。

診察台にくくりつけられて裸身に熱蠟を浴び、悶え泣く若い女性。

その姿を凝視しながら、極限まで男の欲望器官を膨張させていた若い男。

彼が診察台の女をふかぶかと貫くシーン。

最後に、白衣の前をはだけてパンティを着けていない秘部をさらけ出した女医の姿。その前に跪き、下腹に顔を埋めていった若い女。陶酔してゆく女医の表情。

彼女の昂奮はますます高まり、シーツの上を転がり回るようにして悶え、自分の性愛器官を自分の指で犯すことにひたすら熱中していった。

最初のオルガスムスはアッという間にやってきた。ヒイヒイと啜り泣くような悦声を吐き散らしながら、それでもまだ指を動かし続けた。二度目、三度目のオルガスムスの波が打ち寄せ、結局、三十分以上もかかって十回ものオルガスムスを味わうまで指を使い、最後は完全に打ちのめされて、失神したようになってしまった。

ビーッ、ビーッ、ビーッ。

どれくらい時間がたったろうか。いきなり枕元で音がして祐美はびっくりして跳ね起きた。オナニーの後くたくたになって、まっぱだかのますうっと眠りこんでしまうところだった。

（えっ、なに⁉　何なの⁉）

予期せぬ事態にあわてふためき、一瞬パニック状態に陥ってしまった。

鳴ったのはインタホンだった。赤ランプが点滅している。祐美は驚いた。この時間に彼女に連絡してくるのは雇い主の令子しかいない。

震える手でおずおずとハンドセットを取り上げた。

「はい？」

「祐美ちゃん？　まだ眠ってないんでしょう？」

令子の声だ。日中の彼女のハキハキした口調ではない。囁きかけるような低いトーンの声である。男性が聞いたら背筋がゾクゾクとするようなセクシィな声だと思うだろうが、祐美はハッと胸を突かれたような気がした。令子がこうやって本館から連絡してきたのはこれまで二、三回しかなくて、常に患者の容体が急変したとか連絡を受けた非常の事態の時だった。こんな口調ではない。

「ええ」

「よかった。実はね、おりいって話したいことがあるのよ。私のお部屋まで来てくれないかしら？　都合悪い？」

自分の耳を疑ったほどだ。雇い主が自分のプライベートな領域に誰かを招き入れたことなど、かつてなかったのに。

「いえ、かまいませんけど……」

「じゃ、来て。渡り廊下の電子ロックは、ボタンを一一〇四と押せば開くから。入ったら階段を上がって、二階の突き当たりのドア。待ってるわ……」

そう一方的に告げてインタホンは切れた。祐美は目の前が暗くなった。恐怖で胸が締めつけられて息をするのも苦しいくらいだ。

（盗み見したのがバレたんだわ……）

どうしてだか分からないが、間違いなく令子は今夜の祐美の行動を知ったのだ。でなければ令子が、真夜中に近い時刻にわざわざ彼女を呼び寄せるはずがない。

（クビにされるかも……）

あの秘密の診察室の中でどんなことをやっていようが、祐美には覗く権利などない。叱責《しっせき》どころではすまないかもしれない。

十分後、服を着た祐美は、しおしおと本館へ向かった。言われたとおりの暗証番号を押すと電子ロックは解除された。祐美はここの住み込み看護婦になって、初めて本館に足を踏み入れた。

入ったところは広い玄関ホールである。シャンデリアの下がる高い吹き抜けの空間になっていて、緩いカーブを描いた階段が二階に通じていた。細密な彫刻の施された重厚な手すりのついた、赤いカーペットの敷かれた階段をスリッパの足で踏みしめながら上がってゆく。

上がりきったところがまたちょっとしたホールになっていて、正面と左右にドアがある。正面の一番大きなドアがこの邸の主の部屋だという。おそるおそるノックするとドアはすぐに開かれた。

「来たわね」

鷹見令子はにこやかな笑みを浮かべて十歳以上も年下の看護婦を迎え入れた。

「!………」

雇い主の姿を見て、祐美は目を丸くした。

さっきまでの白衣はもう着ていない。黒いストッキングも。つまり、もう女医としての役割は務めていないということだ。

身に纏《まと》っているのはパールホワイトのゆったりしたナイト・ガウンだ。その下は同じ色のネグリジェ。どちらも高級なシルクで、胸元や裾回りにはたっぷりとレースを使った豪奢《ごうしゃ》なものである。白衣姿とはうって変わって、成熟した女性の妖艶なエロティシズムが濃厚に漂う。同性なのに祐美は年上の女の芳香に頭がクラクラした。

「そこに座りなさい」

広い寝室だった。

一方の端には四隅に真鍮《しんちゅう》の柱がついている古風なダブルベッド、反対側には居間と同じような大理石のマントルピース。真ん中には簡単な食事が出来るぐらいのテーブルと肘掛け椅子が二つ。テーブルの上には令子の寝酒なのか、洋酒の瓶とグラスが置かれていた。借りてきた猫のようにおどおどとしている住み込み看護婦の態度を見て、令子は面白そうに笑ってみせた。声にも態度にも叱責するとか詰問するといった様子がないのだが、

「その様子じゃ、なぜ呼ばれたか分かってるみたいね。覗き屋さん」

「ごめんなさい、令子先生……」

祐美は観念して頭を下げた。正直に告白するしかない。

「昨日の昼、お庭の方から下のお部屋を覗いたら、診察室があるのでびっくりして……夜、ちょくちょくお客さんが来ているので、何をしてるのかと不思議に思ったものですから」

「知ってるわ。昨日、伊豆から帰ってみたらテラスのガーデンチェアをあの部屋の出窓の下までひきずって動かした跡があって、ピンときたの。背の高い人間だったら窓を覗くのにそんなものは必要ないから、たぶん背が低い女性――あなただと思ったの。ガレージの裏のドアを抜けたんでしょう？　あそこ、前から少し不用心だとは思っていたの。でも、あんまり心配してないのよ。こういうものがあるから」

令子はマントルピースの横手の壁に取り付けられている何やら電子装置の入ったパネルをさし示した。パネルの蓋《ふた》を開くと、中にはスイッチとかランプの類がいっぱい並んでいる。真ん中には小さなテレビの画面もあって、鷹見邸の門を内側から見た映像がぼんやりと映っている。

「この邸の防犯装置。建物の窓とか入口に全部仕掛けがあって、誰かが侵入すると警報を鳴らし、同時に警備会社に通報がゆき、警備員が駆けつけてくるようになっているの」

祐美は感心してしまった。それで令子は、こんな広い邸に安心して一人で暮らしていられるのだ。

外観は蔦《つた》の絡まった古びた洋館だが、内部には最新式の電子警備システムが取り付けられているのだから。

令子は振り返って腰に手をあて、椅子に縮こまっている若い娘を見やった。

「誰だってあの診察室を見たら不思議に思うわよね。だからもう一度覗きに来るはずだと思って、わざとカーテンの隙間をそのままにして待っていたのよ。それと小さな鏡を白衣のポケットに入れておいて……。あの二人に注射している時、それらしい気配がしたから鏡を取り出してこっそり窓の方を映してみたら、目を丸くして窓ガラスに押しつけているあなたの顔が見えたわ。予想どおりね……」

祐美は呆気にとられ、次は真っ赤になった。この女医は最初から窃視されていると知っていたのだ。知っていてあんな残酷で淫らなことをやってのけたのだ。

年上の女はますます愉快そうな笑顔を浮かべながら肘掛け椅子に座った住み込み看護婦の背後に回り、両手で彼女の肩を押さえ首筋を揉むようにした。動転している年下の娘を落ち着かせようとでもするかのように。

「だけど、びっくりしたでしょ？　あんなことをしているの見て？　何のためにあんなことをしているのか、それをこれから教えてあげる」

令子の手が祐美の、薄い夏用のセーターを着た肩から二の腕へと滑る。愛撫するように。祐美は何だかゾクゾクした。背後でシュルシュルと衣擦《きぬず》れの音がした。次の瞬間、いきなり両手首を摑まれて、強い力で後ろにグルッと回された。

「あっ、何を⁉」

叫んだ時はもう遅かった。重ね合わされた手首に紐のようなものが絡みつき、肘掛け椅子の背もたれを後ろに抱くようにして縛りつけられてしまった。感触からして絹のガウンを腰のところで結んでいるベルトらしい。衣擦れは、そのベルトをほどく音だったのだ。祐美はそれだけで、椅子を立つことも出来なくなってしまった。

「さあ、暴れないで。別にひどい目にあわせようというわけじゃないのよ。でも、私の話をおとなしく聞いてほしいから、少しの間、こうしていてもらうわ」

年下の娘の自由を奪った令子は、満足そうな笑顔を浮かべてテーブルの上の酒瓶から琥珀《こはく》色の液体を小さなグラスに注ぐ。

「これ、百年前のマディラワイン。甘くておいしいわよ。呑んでごらんなさい」

こちらは後ろ手に椅子に縛りつけられている。どうやって呑めというのだろうと当惑していると、年上の美女は、いきなり体をかがめて唇を押しつけてきた。

「む⁉」

雇い主の女医に接吻されて祐美は仰天した。そんなことをされるとはまったく予想もしていなかった。ぴったりと唇が押しつけられ、舌が祐美の唇をこじ開けた。トロリとして良い香りのする甘い液体が口移しに注ぎこまれた。無意識のうちに呑みこむとカラカラに渇いた喉を流れ落ちてゆく液体はカーッと胃を熱くした。相当強い酒だ。しかし祐美は、こんな美味な酒は初めてだった。

「おいしいでしょ」

唇を離した女医は舌なめずりしながら祐美の顔を覗きこむ。それから真向かいの椅子にゆったりと腰をおろした。真珠色に光る豪奢なナイトガウンは帯を失ったので前がはだけて、その下の裾の長いネグリジェを見せている。胸元も露わなノースリーブのセクシィなデザインだ。レースの下に眩しいような白い肌が透けて見える。薔薇《ばら》色の乳首も。すんなり伸びた形のよい脚を組むとサイドスリットがハラリと割れて、むっちりした腿がずっと上の方まで覗けて見えて、祐美は息を呑んだ。同性の彼女が見ても、目の前にいる令子は妖艶すぎる。白衣を着て患者を診察している有能な女医と同一人物とは、とても信じられない。

「では、好奇心の強い覗き屋さんに誤解されないように、最初から説明するわね。どうしてこの邸に、もう一つ診察室を作ったのか。それは何のためなのか。あなたが今夜見たのは何だったのか」

鷹見令子は百年の熟成期間を経て蜜《みつ》のようなまろやかさを得た美酒を啜りながら、年下の娘に長い打ち明け話を始めた。


女子医大付属病院の勤務医だった鷹見令子は、三年前、開業医の父親が突然の脳梗塞《のうこうそく》で倒れたので、急遽《きゅうきょ》、鷹見医院を継ぐことになった。それは前から決まっていたことだが、彼女としてはもう少し先のことだと思っていた。

引き継いでから資産内容を調べてみて、令子は愕然《がくぜん》とした。

もともと人が良く、財政的なことに疎かった父親は、放漫な経営でかなりの負債を作っていた。そのことは薄々知っていたものの、さらに知人からすすめられて株や先物取引にも手を出していて、この負債が信じられないほどの額になっていたことを初めて知った。

一方で患者がどんどん離れていったために、収入は極端に落ちていた。設備が老朽化して、時代遅れの診療が患者離れを招いたのだ。

（参った。これじゃどうにもならない……）

土地や建物にも二重、三重に抵当権が設定されていた。自分の家でありながら処分もままならない。令子は頭を抱えた。半身不随の身になった父親の面倒もみなければならないのだ。

やがて行き詰まり、すべての資産を失うことになるのは明白だった。

（この家だけは手放したくない……）

ここで生まれ育った思い出のある家だ。令子は金策に必死になったが銀行は赤字の個人医院など、まったく相手にしてくれない。

そんな時、弱りきっていた彼女に医院再建のための方策を与えてくれたのは、ある初老の男性患者だった。

鷹見医院は泌尿器科も診療科目として掲げているので、時々、セックスに関する悩みを抱いた患者がやってくる。その男性もそうだった。職業は銀行員で支店長代理の肩書を持っていた。彼の症状はストレスからくる心因性のインポテンツ——勃起《ぼっき》不全による性交不能症だった。この一年、まともなセックスが不可能な状態だという。

「では、診《み》てみましょう」

令子は彼を診察台にあげ、下半身を露出させて陰茎と睾丸を触診した。さらに前立腺の状態を診るため肛門から指を挿入した。前立腺は直腸の奥に人指し指を入れると触れることが出来る。

そうやって診察しているうち、これまで一年ほど勃起したことがなかったという男性器官が、急にムクムクと力を漲《みなぎ》らせ始めたではないか。

「ラクにしてて下さい。射精が可能か試してみましょう」

令子は陰茎をしごくようにしながら肛門から挿入した指の先で前立腺を強く圧迫してやった。

「おおお」

患者は呻き、ドクドクと精液を噴き上げた。

「こ、これはお恥ずかしい……いや、先生のような美人の女医さんに触れられていると思っただけで、何となくヘンな気持ちになりまして……お恥ずかしい」

患者は女医と看護婦の見ている前で射精してしまったことでひどく当惑したが、インポテンツが魔法のように治ってしまったのだから、大喜びした。後日、規定の料金とは別の多額の謝礼を包んで持ってきた。令子は固辞したが、彼は強引にそれを置いていった。

(これだ!)

その時、令子は天啓を受けたような気がした。

あの患者は、診察台で屈辱的な姿勢をとらされ、美人女医の手で恥部や肛門を触られ、直腸まで指を入れられたことで激しい心理的ショックを受けた。そのショックが勃起中枢を強く刺激し、弱っていた機能を回復させたのだろう。

以来、令子はインポテンツで悩む男性患者を積極的に迎えるようにした。

インポテンツは原因が器質性のものと心因性のものに分けられる。

器質性とは外傷や腫瘍《しゅよう》で器官そのものに損傷が生じたために起きる。腰椎《ようつい》に損傷を受け勃起中枢がやられた場合は勃起そのものが不可能になる。この場合は陰茎の中に弾力性のあるチューブを埋め込むなど、形成外科的な手術が必要になる。それでも完全治癒は難しい。

しかしインポテンツの大半——九十パーセント以上は心因性だ。これは器官には異常がないが、脳の中で勃起を指令し伝達する神経回路がうまく働かないことで起きる。一番の原因はストレスだ。若い人の場合は経験不足による失敗が心理的ダメージとなって萎縮を引き起こす。頭では昂奮しても、体の方が反応してくれないわけだ。

令子はこういった心因性インポテンツの患者を、一般患者とは別の時間に診療するようにした。こういった治療はカウンセリングが必要なので時間もかかるし、患者のプライバシーに配慮しなければならないからだ。

治療に際して令子は、自分の性的な魅力をフルに活用するよう心がけた。

着衣は、乳房の谷間が見えるような襟ぐりの深いブラウスを着け、白衣の前をはだけるようにした。男性というのは女性の裸体をあからさまに見せつけられるより、胸の谷間や腿の付け根、ブラジャーやパンティの一部分が見えることで欲望をそそられる。

スカートも短めのタイトを穿く。パンストではなくセパレートのストッキングをガーターベルトで吊ったりガーターで留めてみたりした。患者を問診する時、何気ないふうを装って太腿の付け根の部分とかパンティがチラリと見えるようにした。それが治療効果を高めることが確かめられた。

一般患者の診察の時は控え目にしている化粧も、インポの患者の時は濃い目にし、ムスクなど動物系の濃厚な香水をふりかけるようにした。一日の診療を終えた後の、成熟した女性の体臭は官能的な香水とよくミックスして、ひどく悩ましい匂いとなる。それは男性の欲望をそそり立てずにはおかない。

治療にあたっては、まず鎮静剤を注射してリラックスさせ、全裸にさせて診察台に上がらせる。念入りに清拭《せいしき》してから男根と睾丸を触診し、肛門から指を挿入して前立腺にも触れる。妖艶な女医に肛門までいじられる屈辱と羞恥が男性の心の底に潜んでいたマゾヒスティックな欲望を刺激する場合が多い。

勃起の兆候が現れるとしめたものだ。女医は大胆に指を使い、男根と前立腺を同時に刺激してやる。たいていの患者はこれで射精させられる。

「もう二度とセックスを楽しめないのではないか。男として役に立たない人間になったのではないか……」

そう思って絶望していた患者は、再び射精が可能になったことで狂喜する。失った自信を取り戻し、インポテンツの地獄から這《は》い上がることが出来るのだ。

こういった治療については、保険は適用されず、診療報酬も厳密に規定されていない。令子は一回の診療に二万円、治療が成功した場合は別途に十万円を請求した。

たいていの患者は一、二回で回復した。喜んだ患者の多くは請求額以上の謝礼金を払ってくれた。

口コミでそういう患者が増えてくると、医院の経営状態はみるみるうちに好転した。

特に、偶然知り合った、マスメディアの風雲児と呼ばれる福川隆介という人物のインポテンツを治療してやったことで、令子の収入は飛躍的に上昇した。

美人女医の魅力に参ってしまった彼は、インポが治っても半月に一度、診察を受けにやってきて、そのたびに多額の謝礼を払った。今では完全に彼の主治医となって健康管理を引き受けている。さらに彼は、広い人脈を通じて多くの患者を紹介してくれた。

マスコミ、政財界などのリーダーの中には、インポを含め、性的な悩みを持つ者は多い。彼らは裕福だから、どんな大金を払ってもいいから治してほしいと思う。そういった男たちにとって、プライバシーを重んじてくれる令子の存在は願ってもない貴重なものだった。当然、治療に成功すると高額の謝礼をポンと払ってくれる。福川隆介と同様、完治しても何度も通ってくる患者も少なくない。

こういった客たちのおかげで経営が安定し、借金を返せる見通しがつくと、令子は古い医院を建て替えると同時に、邸の中にもう一つの診察室――セックスの悩みを専門に治療する第二診察室を作ることにしたのだ。

秘密の診察室は患者のプライバシーを守るように気をつかって設計された。

正門から玄関に入るまでの間、人の目に触れる機会を最小限にした。クリニックの建物の本館側に一切窓をつけないことにしたのもそのためだ。正門の鉄扉、玄関ドアの両方を屋内からリモートコントロールで開閉できるようにした。これで患者は待たされることなくスムーズに入ってこられる。監視カメラも取り付けて来客の確認を容易にした。もちろん第二診察室の存在はクリニックのスタッフにも、本館の中に唯一人入ることを許されている家政婦にも、秘密にして絶対に近寄らせない。

第二診察室で診る患者は、原則としてひと晩に一人または一組。二組を診る場合は先の患者が帰ってから迎え入れる。患者同士が顔を合わせることは絶対にない。

第二診察室では誰にも邪魔されず治療に専念できるし、どんな大きな声や音も外部に聞こえる心配がない。だから令子は、もっと大胆な治療法――自分自身の肉体をもっと効果的に露出する方法――を用いるようになった。

令子は視覚的な衝撃を与えて勃起させるために、全裸の上に白衣を纏うようにした。全裸といってもストッキングだけは着ける。

患者はそのことを知らない。昂奮が高まってきたところで彼女は白衣の前をはだけ、豊艶な白い肉体を見せつけてやるのだ。

理知的な美貌の持ち主である女医が、成熟した見事な裸身を惜しげもなく、特出しのストリッパーのように恥毛の奥まで見せるなど、誰も予期していない。ショックは欲望を爆発的にそそり、ほとんどの患者が猛然と勃起してしまう。必要とあれば患者の顔の上に跨《また》がり、秘部の匂いもたっぷり嗅がせる。

そうやって昂奮させられたあげく、しなやかな指で巧みに欲望器官と肛門を指で刺激されれば、重症の心因性インポテンツ患者も、十人のうち九人がすみやかに回復してしまった。

他の治療機関では絶対にそんなことをやってもらえない。今では高額の診療費、謝礼をいとわない遠方からやってくる患者で、半年後までの予約がぎっしり入っているという状態なのだ。

「というわけで、あなたが今夜見たのは、あれは第二診察室だけでやる特別な治療なの。変態セックスのプレイを楽しんでいたわけじゃないのよ。誤解しないで」

女医の説明は終わった。

（そうだったの……）

祐美の疑問は大部分が解けた。しかし、まだ分からないことがある。

「あの男の人と女の人は、どういう関係なんですか？　どうして縛ったり、蠟燭で責める必要があったんですか？」

「二人は夫婦よ。奥さんの方が不感症、男性の方が奥さんに対してだけインポという、ちょっと難しい症状で悩んでいて、紹介されてウチに来たの」

第四章　セラピィ契約

女医はさきほどの二人について説明し始めた。

男は佐野光男《さのみつお》、二十八歳、女は佐野由香《ゆか》、二十五歳。夫の光男は都内でも一等地にある有名な高級和食レストランの二代目経営者で、今はシティホテルの中にある支店を任されている。由香は有名女子大を卒業後、一流銀行の秘書課に勤めていた。彼女の父親は高名な邦楽演奏家で、たまたま一家でホテルに食事に来た時に知り合い、交際するようになったのだということ。

一年前、誰からも祝福されて婚約、半年後に結婚した。はた目からは何の問題もない理想的な夫婦のはずだったが、彼らの夫婦生活は地獄だった。

それというのも、結婚の一カ月前、二人は暴走族に襲われ、由香は婚約者の見ている前で輪姦《りんかん》される——という悲惨な目に遇《あ》ったからだ。

由香は古風な家で育てられたので、婚約してからも処女を守り続け、彼女を深く愛していた光男も挙式まで彼女に触れなかった。

ある日、車で海岸にドライブした時、悲劇が起きた。外車のスポーツカーを乗り回す光男が暴走族の反感をかってしまったのだ。執拗に追い回されたあげく、人気《ひとけ》のない海岸に追い詰められた。

光男はよってたかって袋叩きにされて松の木に縛りつけられ、その目の前で由香は全裸にされて何人もの若者たちにレイプされた。処女器官を抉《えぐ》り抜かれる苦痛に泣き叫ぶ由香は、何度も失神しては水をぶっかけられむりやり意識をとり戻させられて、永遠に続くかと思うような苦痛と屈辱を味わわされたのだ。

射精を終えた男たちは、それでも満足せず、由香に男根を舐めるように要求し、最後は膣と肛門、口腔の三カ所を同時に辱《はずかし》めるという冷酷無残なことまでやってのけた。

凶暴な嵐が吹き終えた後の由香は、ボロ屑のようになって意識を失った。光男はようやく縄をほどいて、彼女を近くの病院へ運びこんだ。

被害を警察に訴えるわけにはゆかなかった。由香が輪姦された事実を知られることは、さらに屈辱を強いることになる。それでなくても由香は病院で一度ならず自殺を図っている。事実を知っているのは二人にごく近しい友人だけだ。

「狂犬に噛《か》まれたのと同じだ。忘れよう」

光男は「こんな体では結婚できない」と泣き叫ぶ由香を説得して、予定どおり由香と結婚した。

何よりも二人の結婚は両家の他、多数の友人知人や業界の関係者にも通知されている。延期したり取りやめにしたらかえって疑いを招く。それに時間がたてば心の傷も癒されると考えたからだ。

実際は違った。

由香は完全にセックスを嫌悪するようになっていた。

光男に抱かれるだけで、彼の男の匂いを嗅ぐだけで忌まわしい体験が否応なく脳裏に甦《よみがえ》る。光男は子供を作るためにも何とか結合しようとしたが、新妻の嫌悪の表情や態度は変わらなかった。どんなに優しく愛撫しても途中で由香は泣き出し、時には家の外まで走って逃げてしまうこともあった。光男の方もそのうち、妻に対して欲望を覚えるのが無理になってきた。他の女性と試してみたら、最初はいいのだが挿入する段になったら萎えてしまった。

「おれまでインポになってしまった!」

光男も絶望に打ちのめされてしまった。

別れてしまえばいいのだが、光男は襲われたことに責任感を抱いているから、そんな妻を見捨てるわけにはゆかない。

悩み抜いている時、「どんなインポでも治してしまう女医がいる」という噂《うわさ》を聞き、人を介して令子のもとを訪ねてきたのだ。

（かわいそう。処女の身で、そんなひどい目に遇ったら、私だって一生セックスが嫌いになってしまうに違いないわ……）

令子の口から佐野夫婦の悲惨な体験を聞かされた祐美は、同情しないわけにはいかなかった。

「私はね、その前から女性の不感症にも取り組みだしていたの。というのは夫婦やカップルの場合、男性のインポと女性の不感症は強く影響しあっているのね。どちらの症状もパートナーの協力がないと治りにくいし」

「でも、こんなに深い心の傷があるのに……」

祐美は呟いた。不感症の治療が難しいというのは聞いて知っている。何年もカウンセリングや催眠療法などをやって、それでも治らない例はいくらもある。

「だけど、最近はね、すごくいい薬が出来たの。そのおかげで心因性のインポはずっと治りやすくなったのよ。私はね、それを女性にも試してみたくて、それで佐野夫婦の治療を引き受けたの」

その言葉を聞いて祐美は思い出した。最初に、女医は光男と由香の内腿に何かの薬を注射したことを。

「あれはね、ＶＩＰ（ヴィップ）という薬。正しくは、バゾアクティブ・インテスティナル・ポリペプチド——血管作動性腸ポリペプチドといって、簡単に言うと男性性器の海綿体に血液を送りこむ螺行《らこう》動脈に働く蛋白質よ。この螺行動脈というのは、ふだんはギュッと閉まっているんだけど、脳から勃起中枢を経由して指令がくるとバッと開いて海綿体に血液をどんどん送りこむの。つまりバルブの役目をしているわけね。このＶＩＰは、そのバルブを開けたり閉めたりする作業員みたいなもの。だからＶＩＰを注射してやると、本人は別に昂奮してなくても自然に海綿体が充血して陰茎はひとりでに勃起してしまうわけ」

「そんな薬があるんですか」

祐美はびっくりした。初耳だったからだ。

「そうよ。外国で作られた薬だけどね。日本でもこれを使ったインポ治療が始まっているわ。悲観している男性にこれを注射して勃起させると、薬が効いている間は挿入も可能だし、射精もできる。それで自信をとり戻せるの。他の病院では男性にだけ使っているけど、私は、女性のクリトリスにもＶＩＰは効くはずだと考えたのよ。だって海綿体で勃起する仕組みは男性も女性も同じなんだから」

そこで実際に、令子は自分を実験台にしてＶＩＰを注射してみた。効果はてきめんだった。

彼女のクリトリスはみるみるうちに勃起して、ふつうに昂奮した場合の倍以上の大きさになってしまった。連鎖反応で膣内壁や小陰唇も充血し、粘膜は愛液を分泌し始めた。

「驚いたわ。そんなに効くとは思ってもいなかったから……。クリトリスの海綿体は小さいから男性より少量のＶＩＰでも効果があるのね。クリちゃんは半日ぐらい勃起しっぱなしで、少し触っただけでビリビリ感じてしまう。もう、イキっぱなしだったわよ、その時は。仕方ないから、これを使ってフルに楽しんだわ」

令子はベッド脇のサイドボードからあるものを取り出してみせた。祐美は真っ赤になってしまった。巨大な男根を象《かたど》ったバイブレーター——女性の自慰用の道具だったからだ。

「何を赤くなってんの。あなただって胡瓜とかソーセージを使っているんじゃないの？　私だって独り寝で寂しい時はこれを使って楽しむわよ。でもその時は、これでももの足りなくて、アヌスにも別のバイブレーターを入れて楽しんだけれど……」

あけすけに自分のオナニー体験を告白する令子の表情は、美酒のせいか少し上気して、女の祐美が見てもゾッとするような妖艶さを漂わせている。

「でも、精神的な問題を解決しないで、ただこのＶＩＰだけに頼ると、その時は大丈夫でも長続きしない場合が多いの。かえってセックスの後の空しさが倍加して、自殺してしまう患者の例も報告されているのよ。セックスというのは自然な愛情とか情熱につき動かされることが必要ということなのね。だから佐野夫婦の場合は、最終的に精神的な障壁をどう克服させるか、それが問題だったわけ」

　考えた令子は、逆療法を試みることにした。

「夫がいくら優しくしてもダメなら、逆に乱暴に、輪姦された時と同じような目に遇わせてみることにしたの。本人が何か考える余裕もないぐらいのひどい目にね。それでああやって診察台に縛りつけて、恥ずかしい恰好にさせながら蠟燭で責めてみたのよ。乱暴だけど最後の手段だったのよ」

　女性の不感症の場合、由香のような心の傷や、厳しすぎる親の躾《しつ》けなどが障害となってセックスを楽しめなくなっている。条件反射的にそういった心の壁が立ちはだかるわけだから、それを突き崩すのはきわめて難しい。

「日本ではあまりやらないけど、これは、西欧の不感症治療の現場などでは実際に用いられている方法なのね。向こうじゃ宗教的な観点からセックスが罪悪視されていて、そういう親に育てられると奔放《ほんぽう》にセックスの快楽を味わえない人が多いのよ。そこで『抵抗できない状態でむりやりどんなことをされても、本人の責任じゃないんだから、それでもし快感を覚えたりしても仕方ないんだ』って、あらかじめ、自我に言い訳を与えておくわけ。これが案外効くっていう報告があるので、私も男性にはずいぶん試して効果は確認しているの。たぶん由香にも効くと思ったけど、案の定だったわ。あなたも見たでしょう？　蠟をパンティの上から垂らされただけでオルガスムスに達したのを……」

祐美は頷《うなず》いた。

「ええ。でも、なぜ？」

「簡単よ。とにかく苦しくて痛くて辛《つら》くて、とても我慢できないという状態を少し続けると、人間の体は自分で麻薬のような物質を作りだすの。その作用を利用するだけ。人間の体にはそういう機能が備わっているんです」

人体が激しい苦痛にさらされると、脳の中ではこのβ《ベータ》エンドルフィンという、モルヒネの何百倍という強さをもつ物質が作りだされる。人間の苦痛がある段階を超すと急にラクになる現象は、このβエンドルフィンのような脳内麻薬様物質のおかげだ。長い間、その原理が分からなかった鍼灸《しんきゅう》の効果も、このβエンドルフィンのせいだと解明された。つまり人間の体は苦痛を快感にすり替える機能をもっていることになる。

「そこで、マゾ気質だと思われる男性患者を使っていろいろ実験してみたの。彼らは痛みとか辱めを期待して私のところにやってくるんだけど、人より痛みに対して鈍いとか、羞恥心が薄いというわけじゃないのよ。実際には他人より敏感なぐらい。でも、βエンドルフィンを分泌する反応も敏速だし、その量も多いのね。だから容易に陶酔状態に陥るわけよ。特に何か特別な現象——女性の脚で踏まれるとか蹴《け》とばされるとか、あるいは女性に性的な悪態をつかれるとかすると、条件反射的にβエンドルフィンの分泌が促されるということも分かった。由香の場合も、そういう条件反射を植えつけてやればいいはず。だから、輪姦された時以上の苦痛や屈辱を与えてやることにしたのよ」

診察台に載せられた由香の性器はＶＩＰ注射によって強制的に昂奮させられた。

由香は下着一枚の裸で——全裸にしてもいいのだが、そうすると熱蠟で粘膜に火傷を受ける危険がある——股間を夫に凝視されている。そんな姿を美しく冷酷な女医によって玩弄され、熱蠟で責められ、悶え苦しまなければならない。死にたくなるほどの屈辱と羞恥、さらに苦痛。

熱蠟は人体に傷をつけず、一定量の苦痛を長時間与えつづけるのに向いた責めである。だから容易にβエンドルフィン分泌を促す条件反射を植えつけやすい。由香も数分のうちにボーッとして何が何だか分からない状態になってしまった。あの最初の暴れ狂いかたが、やがて腰をくねらせるような淫らな感じになった時、βエンドルフィン分泌が苦痛を制御してしまったのだ。

「実は、今夜あなたが見たのは、三回目の治療。これまでの二回は夫の光男はただ見ているだけだったの。熱蠟とＶＩＰ注射のせいでうまく由香が陶酔状態に陥ることが分かったから、今日は性交が可能かどうか、それを試してみたの。そのために彼を全裸にして縛ったわけよ」

実は、光男の方にもインポテンツという問題があった。それは自分の責任で妻の精神がズタズタになってしまったという責任感、罪悪感のせいだ。

ただそのメカニズムはもう少し複雑だ。というのは、光男は松の木に縛りつけられて犯される婚約者の姿をむりやり眺めさせられている時、激しく昂奮してしまい、それを見た暴走族たちに嘲笑《ちょうしょう》されながら玩弄されているうちに射精してしまったのだ。

（おれは由香が輪姦されるのを見ながら昂奮して射精までしてしまった。どういう人間なんだ）

そのことが彼を長いこと苦しめ、その結果として由香を抱く時にインポ症状を呈するようになったわけだ。

「実は、男性の場合、自分の愛する女性、妻や娘が辱められるのを見て昂奮するということが珍しくないのよ。これは自己保存の本能を含めた人間存在の最も深い部分で起こる正常な反応なのね。それを説明すると長くなるからやめるけど、決して異常なことじゃないの。現に、スワッピングやSMプレイを楽しむ夫婦の中には、わざと自分のパートナーを相手に犯させて昂奮する夫が多いのよ。光男の場合、それに対する偏見というか罪悪感が障害になっているから、それを打ち砕くためにも逆療法が必要だったわけね」

彼の場合も緊縛されて抵抗できない状態にした。この緊縛というのは、罪悪感とかもろもろの心理的反応に対する抵抗も奪うという、象徴的な意味合いをもつ。と同時に、もともとその傾向が強いマゾ感覚が刺激された。VIP効果もあって輪姦の時と同じように彼は激しく昂奮した。罪悪感はふっとび、インポは克服された。二人とも激しい昂奮状態の中で結合し、光男は由香の体内で初めて射精することに成功した。ひょっとしたら今夜、由香は受精するかもしれない。

「そうだったんですか……」

祐美は魔術の種あかしを聞かされた観客のように、舌を巻いて感心してしまった。

何が何だか分からない、妖《あや》しい性の儀式のように見えた行為は、すべて計算され尽くした医療行為だったのだ。

「でも、最後のあれ……先生のあそこに由香さんがキスをしたのも、何か意味があるんですか?」

赤くなりながら祐美が尋ねると、初めて令子は大声で笑った。

「あはは、いやねぇ、あそこまでバッチリ見てたの? ま、こじつければ治療の手段でもあるんだけど、正直言うとあれは余禄《よろく》というか役得というか、私の個人的な楽しみといったところね。実は……」

令子はまた年代もののマディラワインを口に含み、椅子にくくりつけた祐美に接吻して口移しに飲ませた。ついでに大量の自分の唾液も。

「…………」

接吻したまま祐美の着ている、緩い長袖のサマーセーターをまくりあげ、胸に触れた。ブラジャーのカップを押しあげられて豊かなふくらみを揉まれると、若い健康な娘の乳首は急速に尖《とが》り、固くなった。

唇を離すと、熱っぽい潤んだ目でじっと祐美を見つめ、女医は囁いた。

「分かった？　私はレズの気《け》が強いのよ。男性とのセックスも嫌いじゃないけど、あなたみたいに何となく保護が必要な感じの年下の子を見ると、ムラムラと欲望が湧いてくるのね。こうやってむちゃくちゃにしてやりたいという……」

女医のもう一方の手がジーンズのジッパーを引き下ろした。

「あっ、いやっ、先生……」

狼狽《ろうばい》して股を閉じようとする祐美。しかしもう一度ディープキッスを受け、乳房を愛撫されると、腿にこめた力が緩んだ。気がつくとジーンズは膝の下まで脱がされていた。

「ふふ、かわいい。今夜は逃がさないわよ。この覗き屋さん……」

令子の指が祐美のパンティの下へとぐってゆく。

「あっ、先生。そこは……ひっ、だめぇ」

後ろ手に縛られた若い看護婦は暴れたが、本気の抵抗ではない。

「何がダメなのよ。ほら、こんなにクリちゃんを大きくして……あらあら、何もしないで指がズブズブ……可愛い顔なのに見かけによらない淫乱メス猫ねぇ、あなたって」

令子はサイドボードからまた何かを取り出してきた。見ると鋏《はさみ》だった。固く巻きついた包帯を切断したりするための鋭利な刃がついたやつである。

「新しいのを買ってあげるから、心配しないで」

そう言いながらセーターをザクザク切り裂き、ブラジャーも胸の谷間の部分を両断してしまう。ジーンズを足首から抜きとられてしまうと、祐美はもう白いパンティ一枚の裸だ。

「思ってたのより大きなおっぱい。うーん、くやしいけど、この若さには負けるわ」

ブルンと震えているサイズ八十五Dカップの豊かな球体を鷲摑みにして餅をこねるかのように揉みしだきながら、嫉妬《しっと》の念をつい口走ってしまった令子だ。

「ああっ、先生……かんにんして……」

乳房を揉まれると弱い。祐美は泣くようにして許しを請う。令子はニンマリ笑う。

「そうか、メス猫ちゃんはおっぱいが感じるのね。ほら、こうすると……」

乳首をつままれると、ヒーッという悲鳴に似た声を出してのけぞってしまう祐美。

「じゃあ、こうしてあげる」

年上の女は椅子の傍らに膝をついて、祐美の勃起している乳首に吸いついた。コリコリと膨らんだ乳首を含み、舌で転がす。ちゅうちゅうと吸う。

「あーっ、ううっ、やめて……先生。許して……」

若い健康な娘の頬は桜色に上気し、艶やかで張りのある肌が汗ばみ、甘酸っぱい体臭がたちのぼった。令子の指は再びパンティの下へと潜ってゆき、秘毛を掻き分けてクリトリスを探りあてると、クリクリと巧みに刺激する。女だけが知っている粘膜を、女だけが知っているテクニックで愛撫する。

「あー、はあっ、うー、うーん……」

たちまち祐美の声は甘く悩ましいものに変わっていった。

「祐美ったら、なんて感度がいい子なの？　おやおや、クリトリスだけじゃなくV感覚も充分発達してるじゃないの。どれどれ、お医者さんがよーく診てあげるわね」

もう一度鋏を取りあげてビキニのパンティの横をシャキッと切り裂き、まるまるしたヒップを包んでいたコットンの下着をたちまちボロ切れにして投げ捨てる。

「あっ、恥ずかしい。先生……あっ……うっ」

令子は椅子の真ん前に跪き、祐美の片方の足を自分の肩に載せるようにした。そうすると椅子に縛りつけられている若い娘の秘部は肛門の部分までが年上の女の目に完全に露呈されてしまう。女医は顔を近づけてクンクンと鼻を鳴らした。

「ふーん、匂いからして異常はなさそうね。どれどれ膣内分泌物の検査を……えっと、頸管粘液の粘稠度《ねんちゆうど》からして、祐美はそろそろ排卵日が近いな……おやおや、膣皺壁はずいぶんザラザラして、括約筋の締めつけも申し分ないわ。かわいい顔して男を喜ばす道具を隠し持ってたわけね。うふふ」

令子は嬉しそうな笑いを洩らしながら、指で祐美の性愛器官をまさぐる。

「妊娠の経験はないけど、男性経験はけっこうあるようね。こりゃ意外だったわ。それにオナニーも頻繁にやってるようだし……この感度のよさは素質だけでは説明できないもの。膣口もよく伸長するし……あらまあ、こんなに涎《よだれ》をたらしてもの欲しそうな様子だこと。分かったわ、待ってなさい」

令子はさっき見せた特大のバイブレーターを取り上げた。抽斗《ひきだし》の中に用意してあるゼリー付きのコンドームを被《かぶ》せて再び祐美の股間に跪き、その先端を膣口へあてがった。

「あっ、先生……何を⁉」

驚いて叫ぶ祐美の閉じようとする股間をこじあけて、

「分かってるでしょう。あなたのここがどれぐらいの名器なのか調べてみるのよ。ほら、力を抜いて」

一番太い雁首《かりくび》の部分は直径にして五センチはありそうな巨大な自慰用の疑似陰茎をぐいと押し込んでゆく令子。ズブズブと濡れた柔襞をこじあけ、さほど抵抗もなくめりこんでいったが、祐美の体はグンとのけぞって、悲鳴に似た呻きが発せられた。

「あー、あうっ、ううっ、先生、ひどい！」

「何がひどいの。気持ちいいんでしょう？　おやおや、そんなに締めつけて……驚いたわね、何て締まりがいいのかしら。こんなので締めつけられたら若い男なんかたちまちイッてしまうわ。今どきの娘にしては珍しい名器だこと」

令子は楽しそうに感想を口にしながら、左手でぼってりした小陰唇を広げ、小指を使ってクリトリスを刺激しながら右手に握ったバイブレーターを抽送し始めた。ただの往復運動ではない。ゆっくり回転を与え、膣壁のすべての部分に刺激を与えながら反応を確かめている。

「ううっ、あうっ、おお……あー、いや、いやっ、うあっううっっあああ！」

巧みにバイブレーターで膣内を掻き回されると、祐美は完全に悩乱してしまった。椅子にくくりつけられた裸身がビンビンと跳ねる。まるで針にかかった若鮎のように。

「Gスポットの感度も高いけれど、四時と八時の角度にも感じる部分があるみたい。それとやはり子宮頸部ね。もうこんなに下がってきた。これじゃすぐにイカせられそう。でも、それじゃおもしろくないわね」

いきなりバイブレーターが引き抜かれて祐美は焦った。もう少しでイキそうだったのに。疼く子宮が刺激を求めて、膣口はまるで鯉の口のようにパクパクしている。

「せ、先生っ。イカせて！」

祐美は顔をひきつらせて哀願する。

「うーん、どうしようかな……」

薄笑いを浮かべ、指でクリトリスを刺激して、膣口の先端へと再びバイブレーターをあてがう女医。

「うっ、ああ、入れて下さい……」

「じゃ、これぐらいね」

ぐいぐいとめりこむ疑似巨根。

「あ、はあっ、うー、うー……」

しっかりとくわえこんで締めつける祐美。腰がうねる。どんどん高まる快感。

「おっと、まだ早い」

また引き抜かれた。祐美は狂ったように身悶えた。

「先生っ。意地悪っ！　お願い、責めて……イカせて」

「あらあら、嫁入り前の娘がそんなことを言って……驚くじゃないの。こんな味を教えて中毒させてしまったら、後が困るわ。もうやめた方がいいんじゃない？」

「そ、そんな……ひどいっ！」

溢れる愛液で太腿を濡らした祐美は泣き声をはりあげた。オルガスムスに到達する寸前に二度までも中断されたのだ。それも絶妙のタイミングで。欲求不満は彼女の子宮を内側からギリギリとさいなむ。

「どうしてもイキたい？」

女医は冷酷な笑みを浮かべて訊く。

「はい……お願いします！」

「イカせてやってもいいんだけど……」

考えこむ表情を作ってみせた令子は、まるで狡猾《こうかつ》な商人のようだ。

「実は、ちょっとした頼みごとがあるの。それを引き受けてくれないかな」

祐美の痺《しび》れたような理性でも、これが一種の拷問だということが理解できた。まったく痛みを伴わない甘美な拷問。しかしオルガスムスの寸前でストップさせられるという苦しみに耐えられる女がいるだろうか？

「どんな……ことですか？」

ハアハア荒い息をつきながら汗まみれの祐美が問い返す。

「私のアシスタントになってほしいのよ。第二診察室の……」

「アシスタント？」

「そう。まあ、仕事はクリニックでの看護婦とそんなに変わらないんだけど、要するにインポとか不感症の患者たちに喜びを与えるためのお手伝い……」

女医は、実は彼女を呼び寄せた時から胸に秘めていた要求を、詳しく説明した。時々、祐美の乳房や秘部を愛撫して欲求不満を高まらせながら。

――令子がやっていることは、西欧ではセックス・セラピストと呼ばれて、医師とは別の専門家の任務になっている。

性的な悩みを解決するための治療――セックス・セラピィは、泌尿器科、産婦人科、脳外科、精神神経科などの領域が複雑に絡み合っているので、単一の分野での専門医では対処しきれないのだ。

しかも患者を性的に昂奮させ、性交を可能にさせるという必要上、どこまでが医療行為なのか限界があいまいである。セックス・セラピィは一歩間違えば射精サービスを伴うポルノビジネスになりかねない。実は令子も、その限界スレスレのところで患者と接しているわけだ。

現在はVIP注射で勃起を促し、用手法——手による刺激で射精に至らせ、自信を回復させている。しかし、それで完治しない場合もある。手による射精と膣内に挿入しての射精は違うからだ。一番いいのはパートナーを呼び、その場で交接させることだが、パートナーに隠して治療を受けている患者やパートナーがそれを拒否する場合、あるいは特定のパートナーがいない患者はそれが出来ない。

「そんな時、私が相手になって膣を提供してあげればいいんだろうけど、それは出来ないでしょ？　そうなったら医師と患者という立場が崩れてしまうもの。だから、治療の現場にいて患者がセックスできるかどうか、試してあげるアシスタントが必要なの」

「それを私に？　あの患者さんたちと？」

祐美は目を丸くした。雇い主である女医は、インポテンツの治療のために、実際に患者と性交してくれる役割を務めてくれと言っているのだ。

「そういうこと。実際に女性の体に挿入して射精出来たという自信を与えるためのね。もちろんコンドームを使うから妊娠とか病気に感染する心配はないわ。秘密は絶対に守るわよ。そのかわり特別の仕事だから一回、二万円のバイト料をあげる。成功してもしなくても……。

どうかしら？　あなただって男性とセックスしたいという欲望をもてあます時があるんじゃない？　こんな素敵な道具を持っているんだから。趣味と実益をかねて私を助けてよ。ウンと言ってくれたら、イカせてあげるけど……」

「ひ、ひどい……そんな……」

「あら、イヤなの。じゃ、今夜はイカせない程度に朝まで楽しむのね」

そんなことをされたら気が狂ってしまうかもしれない。とにかく祐美は目の前の太いバイブレーターが欲しい。それで子宮を突き上げてほしい。

「分かりました。アシスタントになります。なりますからイカせて」

とうとう叫んでしまった。

「本当？」

「本当です」

「じゃ、誓いなさい」

令子は小型のテープレコーダーを持ち出してきた。祐美は荒い息をつきながら、きれぎれに次のような言葉を吹き込んだ。

「誓います。小松川祐美は鷹見令子先生の、第二診察室における治療のアシスタントを務めることを誓います」

女医は満足そうな顔になった。

「これで契約成立ね。おかげで私、ずいぶん助かるわ。それでは……」

グイとバイブレーターをねじこみ、細いコードで繋《つな》がったバッテリーボックスのスイッチを入れた。ビーンとバイブが金属的な音で唸り、強烈な振動が祐美の子宮へと送りこまれた。

「あっ、いい、イイッ、ううあっ、あっうあうううあがくががが、あぐーっ！」

女医の巧みな愛撫も加わって、一気に祐美はのぼりつめた。子宮を中心に快美な感覚が破裂した。それは連鎖反応の始まりだった。破裂は次の破裂を呼び、さらに大きな破裂、爆発とつながってゆき、祐美は何度も絶叫し、のけぞり悶え、爪先までピーンと伸ばして太腿の筋肉をブルブルと痙攣させた。

「イキなさい。思いっきり……何度でもイカせてあげる。ああ、かわいい顔して……何ともいえないわね……」

女医は自分の手で凄まじい快感を味わい、汗みどろになってのたうち悶える年下の娘をまるで慈母のような表情で眺めながら、その手は情け容赦ない動きで彼女の子宮に強烈な刺激を与え続けるのだった。

——気がついた時、祐美は真っ裸でシーツの上に横たわっていた。失神している間に令子が使っているキングサイズのベッドに運ばれたのだ。

「あ、私……」

体を起こそうとすると、女医がのしかかってきた。彼女もガウンやネグリジェを脱ぎ捨てた全裸だ。その肢体は女豹のように無駄な肉がなく、かつしなやかな動きを見せる。筋肉は強靭《きょうじん》なバネのようだ。

「今度は私が楽しませてもらう番」

自分の手で縮れた秘毛の底を掻き分けて尖ったクリトリスを見せつけながら、仰向けになっている祐美の顔の上に跨がってゆく。

濃厚な香水の匂いと混じった、昂奮して濡れた性愛器官の酸っぱい匂い。祐美は言われなくても唇を開け、舌を突き出して迎撃する体勢をとっていた。

「おお、うっ、あー、ああ。そうよ、そうよ。何て上手なの、この子は……きっと誰か、レズビアンに調教されたのね。うっ……」

祐美の顔を太腿で挟みつけながら秘核と前庭の粘膜を舐めさせる女医は、悦声をはりあげて騎乗するかのように裸身を上下させた。祐美ほどではないが、よく熟した果実のような乳房がぶるんぶるんと躍る。黒髪が揺れる。

年下の娘に性愛器官を舐めさせる快楽をたっぷり味わった女医は、やがて理性を完全にかなぐり捨てて狂乱し、祐美のに劣らない連続した凄絶なまでのオルガスムスを体験して失神したようになった——。

第五章　挿入テスト

翌朝、クリニックの診察室に出てきた鷹見令子は、いつもと変わらぬキビキビとした、有能な医師の態度と口調だった。祐美の方はいくぶん目が赤く腫《は》れぼったい。明らかに寝不足なのだ。

（これが、昨夜と同じ令子先生かしら？）

祐美は看護婦の仕事をこなしながら横目で女医を観察し、その落ち着き払った態度に賛嘆するしかなかった。

昨夜は空の白む頃までベッドの中で抱き合い、接吻を交わし、互いの体をまさぐりあって、レズビアン・ラブの歓楽の限りを尽くしたのに、今はそんな素振りはチラとも見せない。もちろん「このことはスタッフの誰にも秘密よ」と約束させられているから、祐美もいつもどおりの自分でいるように努力しなければならない。

午後六時すぎ、最後の患者の診察が終わった。女医は後始末と清掃に一生懸命な祐美たちを尻目にサッサと本館へと姿を消す。その態度もいつもと変わらない。

(確か、今夜からアシスタントの仕事があると言ったけれど……)

祐美がそう思いながら自室に戻るとインタホンが鳴った。令子からだ。

「約束どおり、今夜からアシスタントの仕事をお願いするわよ。患者さんは八時に来るから、七時半までに食事をすませて、本館に来てちょうだい。直接、診察室の方にね」

「はい。あの……白衣を着るんですか?」

「ふだん着のままでいいわ。白衣はこちらで用意してあるから」

祐美はドキドキしてしまった。

(何だか、とんでもないことを引き受けてしまったみたい。見ず知らずの男性とセックスしてあげる仕事なんて、売春ギャルとかわらないみたいだけど……)

後悔する気持ちも強い。同時に、

(いいじゃないの。インポで悩む男性を回復させる手伝いをするわけなんだから、看護婦の仕事の延長みたいなもんよ。高いバイト料が入るんだから悪い話じゃないわ。それに、前の病院のことを思えば……)

もう一人の自分が躊躇《ためら》いを打ち消すように説得した。

夜七時半、祐美が本館の診察室に顔を出すと、女医は白衣を着けて、すでに準備にとりかかっていた。黒いストッキングとハイヒールを見て、祐美はヘンな気持ちになった。見かけは昼の診察の時と変わらないのだが、その下は全裸なのだから。

「そこにこの診察室専用の白衣があるから、それに着替えてちょうだい」

令子は衝立の陰の脱衣籠に重ねて置かれている衣服を指さした。

看護婦用の白衣だが、クリニックのとはだいぶ違う。クリニックのは立て襟で七分袖だが、こちらのは開襟型の半袖。ウエストを絞って体の線を強調するようになっている。ベルトはなくフロントジッパー。それに、かなりのミニだ。いわばボディコン型の白衣といっていいかもしれない。新品のところをみるとどうやら特注の白衣のようだ。

驚いたことに下着と靴下まで用意してあった。白いハイソックスに白いサイドストリングのスキャンティショーツ。

「すぐ脱げるように、そういうのにしたの。ブラは外しておいてね」

確かにこの白衣と下着だと、秘部を露出するのに時間はかからない。

頬を赤らめながら祐美は裸になり、与えられた下着と白衣に着替えた。

「思ったとおり、なかなか似合うわ。これだったら今日の患者さんも喜ぶわよ」

令子は満足そうだ。昨夜は気がつかなかったが、診察台の真正面の壁には大きな鏡がかかっている。鏡に映った、自分が診察されている屈辱的な姿を見ることで、患者のマゾヒスティックな気分を高め、昂奮に繋がらせようという令子の配慮だ。その鏡に新しい白衣姿を映して、祐美もまんざらではない気分になった。

「今夜の患者さんはね、金田さんっていう人なの……」

令子は、アシスタントの祐美がどんなことをするか、あらかじめ説明してくれた。

金田が本名かどうかは分からない。健康保険を請求するわけではないから、紹介者さえしっかりしていれば、令子は仮名でも受け付ける。

五十代の中年男性だ。職業はあるシティ・ホテルの支配人。ここにきて急に客足が落ち、収益がガクッと落ちた。いかにして客を増やすか、その対応に奔走したため心労とストレスでインポテンツに陥ってしまったらしい。

彼の妻は四十代で、まだまだセックスに対する欲望が強い。夫婦生活がうまくゆかないので家庭がガタガタになってしまった。

「本当は、そういう場合は夫婦で来て、ここで実際に試してくれると助かるんだけど、奥さんの方がいやがってるの。つまり私の見ている前でセックスをするなんて恥ずかしいというのね。それでご主人が回復しないって怒るんだから、勝手だわ」

手順や注意事項の説明を受けているうちにブザーが鳴った。ちょうど八時だ。令子が壁に取り付けたパネルを開く。寝室にあったのと同じものである。中央の小型のビデオモニターに、正門のところに停まった黒いクラウンが映っている。金田という今夜の患者がやってきたのだ。令子がボタンを押すと鉄の格子扉が開いた。

「患者さんが誰にも知られずに入って来られるように設計したんだけど、寮のトイレの換気口までは気がつかなかったわね」

昨夜、祐美にすべてを告白させた令子は苦笑しながら呟いた。別のスイッチでカメラを切り替えると、玄関前に駐まったクラウンから降りてくる、背の高い中年の男が映し出された。インタホンのボタンを押すのが見える。同時にパネルのスピーカーからチャイム音が流れた。

令子はハンドセットを取り上げて応答した。

「はい」

「もしもし。鷹見先生ですか。金田ですが……」

「お待ちしてました。どうぞお入り下さい」

令子がボタンを押すと玄関のドアは自動的に開いて客を迎え入れた。

「これで、患者さんは誰にも顔を見られずにすむわけよ。さあ、あなたはその衝立の陰で待っていて。呼んだら姿を現してね」

診察室は広い。診察台と診察用のベッドの間には衝立が置かれて、二つの部分に区切っている。祐美は指示されたとおり衝立の陰に隠れた。こちらの側はわざと暗くしてある。患者の不意をつくため、彼女の存在はわざと知らせていないようだ。

　玄関につながるドアが開き、金田という患者が入ってきた。

「今晩は、どうも……」

「いらっしゃい。昨日のお電話では、また、うまくゆかなかったとか……」

「そうなんです」

　祐美はこっそり衝立の陰から覗いてみた。問診を受けている金田は五十代半ば。痩せて背は高い。髪の毛は後退してずいぶん額が出ている。表情は知的だが、顔に皺が深く刻みこまれて、頬はややこけている。神経質なタイプだということはすぐ分かる。インポになるのもそのせいだろう。

「女房も、忍耐の限界に来てましてね……。離婚したいなんて口走るんですよ。愛してないから立たないんだろう、とヒステリー気味でしてね……」

　情けなさそうな声で訴える金田。令子は頷いた。

「分かります。パートナーが勃起しないと、女性は侮辱された気持ちを抱くものですからね。では、もう一度試してみましょう。服を脱いで診察台にあがって下さい」

　裸になって男は診察台に仰臥した。女医はＶＩＰ――強制勃起薬を内股に注射する。その後、血圧を測定し、胸部、腹部を手順どおり触診した。そのうちに萎えていた男性の器官がむくむくと膨張し始めるのが見えた。祐美は息を呑んだ。

(すごい薬だわ。あんなに急に立たせるなんて……)

金田の男根はふつうサイズだが、すぐにほぼ垂直にそびえ立った。

令子は血管を浮き彫りにした肉茎を摑んだ。

「ごらんのように、勃起に関しては何の問題もないんですよ……」

「それが、イザとなるとダメになるんです」

「じゃ、挿入テストをやって自信をつけてみましょう」

金田の目が丸くなった。

「挿入テスト? あの、膣に入れるんですか?」

「そうです。実際に挿入が可能なことを自分で確かめてごらんになれば、だいぶ違うと思います」

「し、しかし、その……先生が?」

令子は苦笑して首を振った。

「私ではありません。特に頼んだアシスタントです。ちゃんと資格を持っているナースですけど」

「その人が、あの……入れさせて下さるんですか?」

「そうです。でも間違えないで下さいね。これはあくまでも治療の一環ですから」

「それはもう……なにとぞよろしくお願いします」

令子は衝立の方を振り返って呼んだ。

「祐美さん、来てください」

「はい」

祐美が姿を現すと、全裸でいる金田は驚愕した。まさかそこに誰かが待機しているとは思っていなかったのだ。

令子は金田に祐美を紹介した。

「こちらが挿入テストで助けていただく祐美さんです」

「祐美です。よろしくお願いします」

祐美は制帽をつけた頭を下げた。

「は……こちらこそ」

最初は戸惑っていた金田だが、祐美の姿をつくづく見て嬉しそうな顔をした。可憐《かれん》な姿かたちの若い看護婦だったからに違いない。

「じゃ、祐美さん、患者さんに触って、リラックスさせてあげて……」

令子の指示を受けて祐美はゴム手袋をはめて金田の股間に手を伸ばした。

教えられるとおりにワセリンを肉根に塗布し、指をからめてマッサージをする。若い娘に股間をまさぐられて、金田の昂奮はますます高まり、尿道口から透明な液が滲《にじ》み出てきた。

「固いですね。ずいぶん元気なように見えますけど……」

祐美が感想を口にした。令子から「なるべく患者を励ましたり褒めたりする言葉を口にするように」と言われていたからだ。

「そうですか」

金田は嬉しそうだ。令子がコンドームを取り出した。

「じゃ、これをかぶせて」

薄いゴムの皮膜を装着してから、なおも肉根と睾丸を刺激してやる。祐美にとっては久しぶりに触れる男性の欲望器官だ。男の匂いが子宮を刺激する。彼女は熱心に手を動かした。

「あー……」

若い美人看護婦に欲望器官をしごかれる金田は目を瞑《つぶ》り、陶酔したような呻き声を洩らし始めた。令子が命じた。

「祐美さん。前を開けて下着をとって、金田さんに見せてあげて」

「はい」

金田の顔のところに立った祐美はフロントジッパーを引き下ろし、前をはだけた。

「おお」

目を開けた金田は、眼前に展開されたエロティックな光景に歓喜の声をあげた。

白衣の下は、眩しいような白い肌のふっくらした肉体だ。ピンク色の乳首をもつ乳房はゴムまりのように丸い。腰はよくくびれ、ヒップも健康的に丸い。全体に若い鮎のような瑞々しさが溢れている。そして女性の最も魅力的な部分を包んでいるのは、白いサイドストリングのショーツ。逆三角形の布は薄いナイロンだからふっくらとしたヴィーナスの丘を覆う繁茂が透けて見える。その眺めは何ともいえず魅惑的だ。

「挿入テストに使ってさしあげる部分も見せてあげたら？」

「はい」

祐美は従順にストリングショーツの横の結び目をといた。ハラリと垂れ下がる薄布。さほど縮れの強くない繊毛の繁みが男の視線にさらされた。白い肌に密生している黒い、光沢のある秘毛だ。祐美はゆっくりと自分のゴム手袋をはめた手でくさむらを掻き分け、赤みを帯びた花弁を拡げた。複雑な構造をした鮮やかな珊瑚《さんご》色の粘膜の谷がすっかり見えた。

「おお、きれいだ……」

金田は感に堪えたような声を洩らす。

「挿入しやすいように、濡らしてあげてください」

令子が淡々とした口調で金田に言う。

「あ、いいんですか？　それじゃ……」

金田は嬉しそうな顔をした。令子の手が診察台の高さを調節するハンドルに伸びた。油圧モーターが動いて診察台は少し下がる。祐美の秘部が金田の横を向いた顔の真ん前になる高さだ。消毒用のガーゼで金田の指を清拭する。

「…………」

（なんだか、奴隷市場で売り買いされる奴隷みたい……）

祐美の脳裏を、ふとそんな考えがよぎった。ある記憶が甦り、体の奥が熱くなった。

金田が触りやすいように、片足を診察台の下の出っぱりに載せる。おそるおそる伸びてきた金田の指が秘裂に触れた。大切な宝物——触れただけで壊れてしまうガラス細工か何かの——に触れるような感じで指がクリトリスを探索してきた。祐美は花弁をもっと拡げる。サワサワした秘毛の感触を楽しむようにしていた金田が、見られているだけで昂奮し、包皮をはねのけて勃起してきた真珠のような肉芽に触れた。

「う……はうっ」

祐美も目を閉じた。甘酸っぱい秘部特有の匂いがたちのぼる。牡の昂奮を誘う魅惑的な匂い。

「濡れてきましたね。いや、これは……感度のよい方だ」

嬉しそうな金田の声。祐美は赤くなった。令子は二人の表情を観察しながら金田の肉根を摩擦している。コンドームがはちきれそうなぐらいに膨張していた。これがインポで悩む中年男性のペニスだとは思えない。

「じゃ、そろそろいいでしょう。挿入テストに移ります。こちらに来て下さい」

金田を診察台から解放し、白いシーツを敷いた診察用のベッドに仰向けに寝させた。

「祐美さん。金田さんに跨がってペニスを膣に入れてみて」

「はい」

祐美は白衣を脱いだ。身に着けているのは制帽と白いハイソックスだけという恰好で、仰臥した金田の腰の上に跨がる。令子は彼の上半身が高くなるように背の部分を持ち上げた。

「ご自分のペニスがちゃんと入ってゆくところを見て下さいね」

令子はそう言い、屹立したペニスの根元を握った。祐美は金田によく見えるように秘唇を指で拡げ、薄白い液を滲ませている膣口の部分がペニスにあたるようにした。

「少し体をそらせて。そう……よく見えますね、金田さん？　あなたのペニスの先が祐美さんの入口に当たっているのが」

「はい、見えます」

「祐美さん。腰を下げてきて。そう、ゆっくりと……」

祐美の膣口を押し拡げて金田のペニスが入ってゆく。いや、金田は動かないのだから、祐美の性愛器官が男の肉根を呑みこんでゆくと表現すべきか。

「ああ」

金田が嬉しそうな呻き声を洩らした。可愛い看護婦が裸で自分の上に跨がり、騎乗位で自分と結合してくれているのだ。

「ほら、入ってゆきます。ぐんぐん……何の問題もないでしょう。充分に固いんですよ」

令子は彼の睾丸や会陰、肛門のあたりを指で刺激している。

「あっ、はあっ……」

子宮口に達するまで男性の欲望器官を受け入れた祐美は、理性を痺れさせる甘い快美な感覚に酔った。

「どう、祐美さん？　金田さんのペニスは？」

「ええ、とても固くて力が感じられます。ズキンズキンって脈を打っているのも感じられます……」

祐美は金田に自信をつけさせるための言葉を口にした。その口調はうわずっている。白い肌は上気してピンク色に染まってきた。

「これは……何と言ったらいいか……感激です。ああ、ギュッと締まった。最高ですね、祐美さんは……」

金田の声もうわずり始めた。令子の冷静な声がかぶさる。

「挿入テストはオーケイです。何の問題もありません。このまま射精テストに入りますね。今日は直腸からの刺激はしませんので、自由に動いて射精してみて下さい」

「はい、分かりました。それでは……」

金田が手を伸ばして祐美のヒップを抱えてきた。腰を突き上げてきた。

「あうっ」

祐美は声をあげて背中を反らせる。彼女の場合、騎乗位で少し後ろに倒れた姿勢だと、膣前壁が強く摩擦されて、そのたびにビーンという快感の波が子宮を揺さぶり沸騰させるのだ。たちまち祐美の理性は麻痺してしまった。

「おやおや、金田さん。凄いじゃないですか。祐美さんがメロメロになってしまいましたよ」

令子がそう言うと金田もその気になって、グングンと腰を揺すりたてる。子宮を突き上げられる感覚は祐美の口から悲鳴に近い声を絞りださせた。

「ああ、あうっ、うー、あああンんぐー、うぐうっ、ウッ」

金田も呻いた。

「ううっ、これは……ああ、よく締まる……これは最高だ。おお、おうっ」

令子は薄い笑みを口許に浮かべながら、父親と娘ほども年齢の違う男女の交合を観察している。

数分後、祐美はひときわ高いよがり声を吐き散らしてグーンと反り返ったかと思うと、

「いやー、ああっ、ううん！」

爆発的なオルガスムスに到達した。膣が激しく収縮し、男も獣じみた唸り声をあげながら射精した。祐美は汗まみれの裸身を前倒しにして金田の胸の上に伏せてしまった。

「りっぱなものですわ、金田さん。この祐美サンをイカせちゃったんですよ。ほら、失神したみたいになって……」

令子が金田に告げた。

祐美が診察用ベッドに横になっている間に、金田は帰っていった。令子は祐美に二万円を渡した。

「ありがとう。あなたのおかげであの患者さんは自信を取り戻せるわ。心因性インポテンツの治療には、これが一番効くのよ」

「そうですか。でも、今のが治療だなんて、何だかヘンな気持ちです」

「間違いなく治療よ。ただ、一般の診療機関じゃ出来ないだけ。ここのような秘密の診察室だから出来るの」

　令子はそう言いながら白衣の前をはだけた。今日は黒いストッキングを赤いガーターで留めている。黒い秘毛の底から白い液が溢れて太腿を伝っていた。

「まだものたりないんじゃないの？　私がもう少し楽しませてあげる」

　令子は診療器具の入っている棚から太い張形を持ち出した。昨夜使ったバイブレーターと同じぐらい太い疑似男根だ。底に三本の革のベルトが取り付けられている。令子はそれを自分の股間に装着し、背中の尾錠で三本のベルトを留めた。美しい女医は人工のペニスを片手で摑み、診察用ベッドの上にあがってきた。

「さ、股を開いて……」

　金田のよりふた回りも太い肉質シリコンゴムの張形を埋めこまれると、祐美はまた我を忘れて泣き叫んだ。

「本当にVで感じる子ね。感心しちゃう」

　令子は年下の娘を長い時間かけていたぶり、何度も失神させた。

　――祐美の新しい職務――秘密診察室でのアシスタント――は、こうやって始まった。

第六章　セーラー服趣味

翌日の夜も、また挿入テストのために第二診察室に呼ばれた。

「今夜はこれを着て」

令子が用意した衣装を見て、祐美は目を丸くした。

「まあ、セーラー服……」

紺の上下のセーラー服だ。しかもブラジャー、パンティ、それに白いソックスまで揃っている。セーラー服は上下とも紺色。襟と袖に三本の白線が入っている。スカーフは臙脂《えんじ》色。襟元のスカーフ留めの部分には萩の校章が刺繍されている。祐美は知らないが、都内でも名門の女子高で知られている白萩女学院の制服である。

「そうよ。このセーラー服は私の高校時代のなの。下着は新品だけど」

下着の方はいかにも高校生の女の子が着けるような、あまり飾りのないシンプルなデザインのもので、パンティはコットンだ。

令子は、なぜセーラー服を祐美のために用意したか、それを説明してくれた。

――今夜の患者は飯沢と名乗る、三十歳ほどの青年だ。国家公務員試験をパスして某省にいる若手エリート官僚である。

飯沢は名門幼稚園から一流大学までストレートでパスした秀才だったが、性的な成熟は遅かった。夢精体験は高校時代の終わり頃で、オナニーは大学に入ってからようやく覚えた。結婚するまではずうっと女性との付き合いがなかった。

今年、上司にすすめられたお見合いでようやく結婚したのだが、それまで彼は童貞だった。相手の女性は一流企業の経営者の三女。名門女子大を卒業して就職せずに家にいたという、文字どおりのお嬢様だった。ただし箱入り娘ではない。彼女の方は大学時代からけっこう男と遊び、セックスの体験は豊富だった。

「夫がセックスについて無知で妻はベテランという、昔じゃ考えられない組み合わせの新婚さんね。こういう組み合わせは失敗することが多いの。新婚旅行先で夫が失敗ばかりして、どうしても結合できなかったものだから、お嫁さんは頭に来て、成田に帰りついた途端に『もうこんな人と一緒にいるのはイヤ』って言いだして実家に帰ってしまったの。悲劇よね」

「まあ……だけど、どうしてうまくいかなかったんですか？」

「新婚初夜に昂奮しすぎたものだから、挿入する前――というより、新婦がペニスを触ったとたんに発射しちゃったんだって」

「あらあら、まあまあ」

「そこで新婦が慰めてやればよかったのに、彼女ったら嘲笑するような態度を見せたのね。それですっかり傷ついてしまって、今度は立たなくなってしまったの。うまくやろうと焦れば焦るほどダメになって、それが続いて、とうとう完全なインポになってしまったわけよ。結局、彼はすっかり自信をなくして、仕事に戻ってもまったく手につかない状態。そりゃそうよね、前途あるエリートがインポテンツで新婚の奥さんに逃げられたなんて、勤めている役所で噂もたっちゃったことだし。すっかり落ち込んでいるの」

飯沢は先週、ここで初めての診察を受けた。令子はVIPの注射では充分に勃起することを確認させた。彼は妻とは別居中だから、ソープに行って試してみた。ソープ嬢の懸命の奉仕にもかかわらず、挿入する時に彼のは萎えた。初夜に失敗したことを思い出して妻の嘲笑する顔とか叱咤《しった》する声が甦えるのだ。

「それは……かわいそうですね。どんなふうにして治療するんですか?」

祐美は同情してしまった。

「うん。そこでセーラー服を使ってみることにしたの」

飯沢は、女医の問診に「一番魅力的だと思う女性はセーラー服の少女だ」と答えた。性に目覚めた年頃の男の子が一番最初に憧れるのがセーラー服の少女だから、性欲とセーラー服が結びついてしまうのは自然なことだ。彼がオナニーを初めて体験した時も、ロリコン雑誌でセーラー服の少女の写真を見ていた時だった。それ以来、オナニーはセーラー服姿の少女を思い浮かべたり、そういったポルノ雑誌を見て行なっていた。飯沢と見合い結婚した妻は、彼のそういったロリコン趣味とは逆の大人びた容姿だった。当人同士より周囲の方が乗り気になって、双方、あまり気が進まない状態で結婚したというのが、そもそも間違っていたのだが。

「そんなわけで、セーラー服を着た女性を見ると欲望が刺激されるというから、その方が挿入テストもやりやすいんじゃないかしら。今夜はＶＩＰを使わないで立たせてみるわ。祐美ちゃんはね、隠れていて、途中で私と交替してちょうだい。うまく勃起したら、診察用のベッドで挿入テストをやります」

「分かりました」

祐美はセーラー服を着けた。

「似合う、似合う。このまま町を歩いても女子高生で通用するわ。これじゃビンビンになるのは間違いないわよ」

令子は満足そうな顔でセーラー服姿の祐美を眺め回した。祐美は赤くなった。看護婦という職務上、髪は短めのショートボブにしてある。それが余計に女子高生らしい清純さ、可憐さを強調するのだ。

時間がくると、昨夜と同じように祐美は衝立の陰に入った。

飯沢という患者が入ってきた。

令子の話の様子では、いかにも秀才然とした理知的な人物かと祐美は思っていたが、やや小太りの、丸顔に温和な笑みを浮かべたところはエリート官僚という雰囲気はない。背広ではなくてブレザーコートに丸首のセーターを着ているせいかもしれない。下はジーンズにスニーカー。気のよい、商店の二代目経営者といった感じだ。ただ分厚いレンズの眼鏡だけがガリ勉家だったことを窺わせる。

「結局、奥様との関係は、どうなりました？」

令子が質問すると、青年は頭をかいた。

「向こうは完全にぼくに愛想が尽きたといってますので、仲人や親とも相談して別れることにしました。ぼくが隠していたセーラー服趣味の雑誌なんかを見つけて『こんな変態の男性なんかと一緒に住めない。触られるのもイヤだ』って怒ってますし……」

「まあ、最悪の事態になりましたね。セーラー服趣味なんて、たいがいの男性はそうなのに。でも、かえってその方がいいかもしれませんね。あなたがインポになった責任の大半は奥様にあるわけですから、そういう狭量な女性と一緒に暮らしてもメリットはありません」

「そうでしょうか。でも、このインポが治らないかぎり、永久に独身でいるしかないと、何か暗い気持ちで……」

「そんな心配はまったくありません。それまでは勃起もしてオナニーで射精してたんでしょう？　飯沢さんのはよくある新婚性インポというやつで、そんなに悲観することはありません。一人で悩んでいてこじらせると難しいですけれどね」

令子は彼を慰めると、裸になるように命じた。

全裸になった飯沢は、小太りの体を診察台に横たえた。肌はきめ細かく、女性でもうらやむぐらいの餅肌だ。筋肉はあまり感じられない。

令子は清拭してから彼のペニスに触れた。診察という名目での刺激が始まった。

VIP注射をせずに、女医はゴム手袋をはめた手でワセリンを塗布した男性の器官に触れ、最初は柔らかくしごくようにした。

「無理に勃起させようと思わないで自然に任せて……目は閉じて、何か自分が一番昂奮する相手とか状況を考えてみて」

「はあ」

素直に青年は目を閉じた。沈黙がその場を支配した。やがて男性の呼吸が荒くなり、萎縮していた器官が徐々に膨張しはじめた。令子が囁くような声で訊いた。

「今、どんなことを考えてました？　セーラー服の少女？」

「……はい、そうです」

「つまり、セーラー服の少女にペニスをいじられている自分を想像している？」

「ええ、すみません……」

「謝ることはないのよ、私はお医者さんなんだから」

女医は苦笑した。ややしごきたてる手の動きが速まった。

「そういう経験はあるの？」

「いいえ、ただ、考えるだけで……」

「そう」

令子は衝立の方を振り向いて、祐美が覗いているのを確かめた。

「その他に、どんなことを考えると昂奮します？」

「そうですね……あの、セーラー服を着た少女が襞スカートをまくってパンティが見えるような状態でオナニーをしている姿ですね」

「オナニーしている女性の姿って、本当に好きなのね、男の人は……その時、あなたの想像するセーラー服の少女は、パンティは脱いでいるの？」

「いえ、最初はパンティの上から揉んだりしていて、それから昂奮してくると、指を下へ入れて直接、刺激します」

「ふーん、女性の性器を直接見るのが怖いのね。そうでしょ？」

「そうです。あの、初夜の時に彼女の性器を見たとたん、びっくりして……その、初めて見たものですから、『わっ、こんなグロテスクなものか』と恐怖みたいなものを覚えたのは事実です」

「なるほど。だから萎えちゃったのね。童貞の男性にとって、成熟した女性の割れ目は、確かに怪物の口みたいに気持ち悪いものだから……じゃ、セーラー服の少女の想像をもっと逞《たくま》しくしなさい。目は瞑ったままでね」

「はあ」

青年は言われたとおりに目を閉じて、女医に下半身を完全に委ねた。勃起したために仮性包茎気味だった包皮は反転し、まだピンク色した亀頭がすっかり露出されている。実際、結婚はしたけれど、この青年はいまだに童貞なのだ。

令子が目配せした。祐美は頷いてそうっと足音を忍ばせて診察台に歩み寄った。令子は彼の開かれた脚の間にスツールを置いて、それに座りながら男根をマッサージしていたのだが、祐美が近づくと立ち上がってスツールにセーラー服を着せた看護婦を座らせた。

祐美がゴム手袋をはめ終えると、まず令子は睾丸と会陰部、肛門のまわりをさすっていた左手を離した。祐美がすぐに同じ場所に触れて刺激を与え始める。目を閉じている青年は交替に気がつかない。女医の右手はまだ彼の勃起した欲望器官をしごいているからだ。

「あー、うっ、うー……」

青年は必死になって瞼の裏にセーラー服の美少女の姿を思い浮かべながら欲望をかき立てている様子だ。

（さあ）

令子が無言で促した。祐美は女医が手を離すと、間髪を入れずに自分の右手で勃起した器官を握り、同じようにしごきたて始めた。令子はそうっと診察台から離れて、祐美が患者の器官を撫でさすり、揉みしだいているのを眺めた。

（少し勃起してきたけど、まだインサートは無理だわ。なかなか固くならない……）

祐美は女医となるべく同じ動きになるように手を使いながら、飯沢青年の勃起がまだ充分ではないことに困惑した。三十歳前の青年の器官は、鉄のようにコチコチに固いのがふつうなのに。まだ透明な液も滲み出てこない。祐美は傍らにいる女医を見上げた。

（大丈夫）

安心させるように微笑と頷きを返してくる女医は、目を閉じている青年の耳元のところまで体を屈めて囁いた。

「目を開けて、あなたのペニスを触っている人を見て」

青年は驚いて目を開けた。てっきり女医が自分を刺激していると思ったのに、股の間に座って熱心に彼をしごきたてているのは、可憐な顔をしたセーラー服の少女だったからだ。

「わ」

青年はびっくりして体を起こそうとした。令子が胸を押さえて寝かしつける。

「ほら、あなたの夢が現実になった。可愛いセーラー服の少女があなたのペニスに触ってくれてるでしょう」

「こ、これは⁉」

「彼女の名前は祐美さん。本当は看護婦さんなんだけど、飯沢さんのために特別に女子高生に変身してくれてるのよ」

「はあ、し、しかし、あの……」

飯沢は信じかねるような顔をして股間に屈《かが》みこんでいる祐美を見ていたが、突然に彼の肉根はすごい勢いで膨張を再開しはじめた。

「わ、すっごーい！　こんなに……」

今度は祐美の方が目を丸くした。

「いや、こんな可愛い人に触られてると思うと、急に……いやあ、あはは」

飯沢は狼狽半分、嬉しさ半分の照れ笑いをした。

(意表をついて、目でエロティックな衝撃を与える……これが令子先生独自のやり方なのね。確かに効き目はあるわ)

祐美は感心し、さらに熱心に青年の怒張にからめた指をリズミカルに動かす。

「あっ、むー、ううっ、う……」

青年の口から呻き声が洩れ、それが連続するようになった。腰がうねった。強い快感の波が彼を呑み込み始めたのだ。尿道口から透明な液がトロトロと溢れてきた。

「お薬の助けを借りなくても、こんなに勃起したじゃないの。もう、充分挿入が可能だと思うけれど、念の為、挿入テストもやってみましょう」

「そ、挿入テスト?」

昨夜の金沢と同じに、飯沢はポカンと口を開けた。

「この祐美さんは、そのために来てもらっているんです。実際に女の人の体の中に入れて射精できたなら、飯沢さんも自信がとり戻せるでしょう?」

「それはもう……でも、あの、いいんでしょうか?」

「かまいません。それがアシスタントの役目ですから」

祐美が答えた。飯沢は嬉しそうな顔をした。セーラー服の美少女と実際に交合できるのだ。ロリコン傾向の強い、童貞の青年にしてみれば夢のような提案だ。

「お願いします」

「じゃ、祐美さんはそっちのベッドで……」

女医に耳打ちされた祐美が頷き、彼の股間から離れて衝立の陰に隠れた。女医が充分に屹《きっ》立《りつ》した欲望器官にコンドームを装着してやる。

「さあ、こちらへ」

促されて床に降りると勃起したペニスは四十五度以上の角度で天井を睨んでいる。

「さあ、祐美さんの姿を見て……」

衝立で隠されていた診察用のベッドに横たわるアシスタントの姿を見せてやる。

「うっ！」

飯沢は目の球が飛びだしそうになった。

憧れのセーラー服を着た美少女が、白いシーツの上に仰臥している。両膝を立てるようにして股を開き、襞スカートはまくりあげられて白いパンティの股布の部分が完全に露出されている。祐美の左手は上衣をたくしあげ、ブラジャーのカップを押し上げて、露出した豊かな乳房を揉んでいる。右手は股間にあてがわれて、羞恥の谷間の部分を、柔らかく撫でさすっている。

祐美は、女医に耳打ちされたとおり、自慰を演技していた。それによって飯沢の昂奮が倍加するはずだからだ。いや、半分は本気だ。目を閉じているが、自分の淫らな姿を見て飯沢が昂奮しているのがハッと息を呑んだ気配、その後のハアハアと荒い息づかいで伝わってくる。

(いやだ、本当に感じてきちゃった……あー、濡れてる)

パンティの股布を通して蜜状の液体が滲み出、指を湿らせた。乳首はピンと立ち、自分が与える刺激に敏感に反応し、快い痛みにも似た感覚を全身へとさざなみのように散らせてゆく。

「どう、魅力的でしょ?」

女医は言い、飯沢の勃起したペニスを握りしめた。それはもう、鉄のように固く、ズキンズキンと男らしい脈動を彼女の掌《てのひら》に伝えてくる。

「は、はあ……」

飯沢はロクに口もきけないぐらい昂奮している。

祐美はビキニのパンティの前から指を潜らせて秘丘を撫でた。指がどう動いているかはパンティごしにだいたい分かる。

「う、ああっ、はあっ……。むー……ン、んっ」

祐美は演技ではなく、本当に燃えてきた。舞台の上でストリッパーがやるような猥褻《わいせつ》な演技を見られているという羞恥、それに伴う説明の出来ない快感が子宮に火をつけたのだ。臀部《でんぶ》が浮き上がり、切ない呻きはトーンをあげてゆく。

「祐美さんも、あなたに見られて燃えてきたようね。どれどれ、どんな具合か見てみましょうか。こっちに来て……」

女医は患者を診察ベッドに上らせ、祐美の股間に蹲《うずくま》るよう命じた。

「さあ、祐美さん、パンティを脱いで飯沢さんに見せてあげて」

「あ、はい……」

祐美はさすがに羞恥で全身を赤く染めた。腰を浮かしてツルリとパンティを引きおろして片方の足首を引き抜いた。パンティは膝のところにひっかかった状態だ。手で股間を覆っていたが、女医にさらに促されて秘裂を晒《さら》し、両手で顔を覆った。女医の手が容赦なく襞スカートを剝《は》がし、秘唇を指で拡げてみせた。

「いいですか。これが若い女性の、ごくふつうの性器です。じっくり見たことがありますか？」

「いいえ」

三十歳でまだ童貞の青年は、恥ずかしそうに首を振った。

「じゃ、説明しますね。これが大陰唇、この内側に折り畳まれたようになっているのが小陰唇。優雅に花びらなんて表現しますが、膣前庭の粘膜を保護すると同時にペニスが挿入された時にそれを包みこみます。そうするとペニスと摩擦する部分がそれだけ長くなりますから、男性の快感が増えます」

「そうなんですか……」

「これがクリトリス。今は勃起状態ですから、こうやってすぐ触ることが出来ますが、ふだんは包皮で隠されています。男性の亀頭と同じですね。この膣前庭のここにあるのが外尿道口。そして膣への入口がここ」

「しかし、あの……家内のとずいぶん違います。何ていうかビラビラの状態が……綺麗なんですよ。比べものにならない」

「個人差がありますからね。それと、性体験を重ねますと小陰唇はよく発達します。祐美さんの場合は比較的整った形ですし」

「内側のピンク色が何ともいえませんね」

「そうでしょ、真珠母貝の殻の内側みたいで。私も羨ましいですよ。女性器の瑞々しい美しさは、やはり若い人にはかないませんからね。あらあら、ずいぶん愛液が出てきて」

令子は清拭用のガーゼで愛液を拭った。だんだん透明になってきたそれは、あぶくを吹くようにして滾々《こんこん》と湧き出てくる。童貞の男性への教材として股間を拡げさせられて視線で嬲《なぶ》られ尽くされているという意識が、祐美を狂おしい昂奮へと追い上げているのだ。

「前庭のここに、ほら、ポチッとあるのが見えます？　これがバルトリン腺の出口で、昂奮が持続するとちょっと粘っこい液が出てきます。今、膣口から溢れてきているのは膣壁からの分泌液。まあ、その性質は汗とほとんど変わりません。祐美さんは性病とか性器の病気にはかかっていませんから、そういう人の愛液はちっとも汚ないことはありません。愛液が豊富な人ほど性感が豊かです」

「はあ」

「じゃ、ちょっと触ってみて下さい」

令子は消毒液で飯沢の指を清拭してから、それを祐美の下腹へと導いた。

「あ」

両手で顔を覆っていた祐美は、彼の指が粘膜へと触れてきたので、ピクンと震えて呻いた。

「大丈夫。敏感になっているだけ。その程度じゃ痛いことはありません。膣口から人指し指を入れていってみて」

「そうですか……あ、温かい。いや、熱いぐらいだ。凄い。愛液でいっぱいです」

「つまり彼女は、男性を受け入れる用意が整っているということです」

「そうですね、時々、キュッと締めつけてきて」

「祐美さんの膣は締まりがいいんです。恵まれた体質なんですね。ふつう、こんなに膣圧は高くないです。熱いというのも性感に恵まれている証拠です」

「そうなんですか……」

「そろそろ、挿入テストに入りましょうか？」

その言葉を待ちかねたように、飯沢は大きく頷いた。

「はい、お願いします」

「するまでもないですけどね。こんなに勃起して固くなっているんだから……」

笑いながら令子は、祐美の秘唇の眺めに昂奮を倍加させられてしまった患者の器官を握りしめた。

「前に体を倒して……はい、膣口に先端が当たっています。角度はこういう風に、直角になるようにね。もう少しお尻をあげて。そう、そんな感じ。男の人が焦ると、なかなか入れる場所が分からなくなってしまい、擦りつけているうちにイッてしまうんです」

「はあ、ぼくもそうでした」

「今は大丈夫です。そのまま押し込んでみて……そう、グッと。そうそう、入ってゆきましたよ。女性の膣の中に。ほら」

「う、あうっ……おお」

昂奮と感動のため、飯沢は全身を震わせた。祐美の熱い、蠕動《ぜんどう》する膣壁が彼を迎え入れて締めつける。

「な、なんて気持ちがいいんだ。あー、はうっ」

「祐美さんは少し動かないでね。ほら、根元まで入った。おめでとう、飯沢さん。あなた女性の体と結合できたんですよ」

「ありがとうございます。ああ、いい気持ちですね。もうボーッとして……うーッ」

無意識のうちに飯沢は抽送する動きに入った。

「気持よかったら射精してもいいですよ。テストですから昂奮を抑える必要はありません。好きなように振る舞ってください。祐美さんも動いていいですからね」

祐美は上からのしかかってくる飯沢の体にしがみついた。彼も祐美を抱きしめるようにして項《うなじ》の横に顔を押しつけた。うーっと獣じみた声をあげ、若い女の甘い匂いに包まれながら彼は射精した。

第七章　イメージガール

祐美が第二診察室でアシスタントとして働くようになってから一週間がすぎた。

その日も八時に男性患者がやってきた。その治療を終えたあと、女医は祐美に告げた。

「今夜はもう一人患者さんが来るんだけど、その人は挿入テストが必要ないの。祐美ちゃんは終わっていいわ、ご苦労さま」

可憐なアシスタントは、ちょっと不満そうな顔で自室に引き下がった。アシスタントとしての任務を果たした後、この美しい女医は「ご褒美よ」と言って、巧みなレズビアンのテクニックを使って、祐美を失神するまで愛撫してくれるのが常なのに。

十時を過ぎた頃、一台の黒いベンツE五〇〇アバンギャルドが鷹見邸の正門をくぐって入ってきた。

窓には黒い遮光ガラスが嵌《は》まっていて、内部にいる者の姿を隠している。

玄関の車回しで停まると、制服制帽姿の運転手がサッと後部席のドアを開けた。

降り立ったのは、背が高く恰幅《かっぷく》がよく、ある種の威厳を感じさせる四十代後半といった年頃の男性だった。ゴルフ焼けした顔は精悍で役者にしてもいいほどのハンサムな容貌。パーティ帰りなのだろうか、いかにもバリッとしたスーツ姿が決まっている。手にはアタッシェケース。

「今夜は帰っていい」

男は運転手に告げ、玄関のインタホンのボタンを押した。誰何《すいか》の声もなく電子錠が外れて、頑丈なドアが魔法のように開く。男は何の躊躇いもなく踏み込んだ。背後でドアは自動的に閉まった。シンと静まりかえった玄関ホールの右手にあるドアを開け、廊下をずんずんと進んでゆく。まるで自分の家のように悠然とした態度だ。

突き当たりのドアを軽くノックした。女の声が応じた。

「どうぞ」

いつ聞いても、それだけで勃起しそうなハスキーボイスだ。男は無造作にドアを開け、鷹見令子の秘密診察室に入っていった。

訪問者にとってはすべて見慣れた光景だった。

高い天井をもつクラシックな洋間の中央に置かれた婦人科診察台。その横に立っている妖艶な女医。

「今晩は、鷹見先生」

「いらっしゃい、福川さん」

二人は挨拶を交わした。

他の患者と同じように、女医の机の傍のスツールに座る。

令子は机の上に用意してあったカルテを拡げた。検査機関へ回した血液と尿サンプルの分析結果に目を通してから女医は告げた。

「血糖値がほんの少し高いのを除けば、問題はありません。ＨＩＶ抗体検査はネガティブです」

ＨＩＶとはヒト免疫不全ウィルス――ＡＩＤＳのことだ。

「ネガティブのはずですよ。悪いことはしていない」

福川の口調はなれなれしい。

「そうですか。それは結構」

令子は薄く笑って彼の血圧を測った。

「最高血圧は一四五、最低八十五。まずまずですね……」

数値をカルテに記入してから小型の注射器で採血した。

それがすむと福川は、指示も待たずに脱衣籠のところでさっさと服を脱いで全裸になり、まず体重計にのった。

「七十八キロ。この前と変わりませんね。精進していること」

令子が目盛りを読み取り、カルテに記入する。

福川は臆する様子もなく自分から診察台の上に横たわった。わりと筋肉質な肉体だ。下腹の贅肉《ぜいにく》もさほどではない。

令子もいつもどおりのキビキビした態度で彼の脛をベルトで固定して、下半身を診察する姿勢にする。

「じゃ……」

令子は顔から診察してゆく。顔色を見、瞼を開け、頬から項をさぐる。胸部に聴診器を当て、腹部を圧迫して触診する。次いで下半身を念入りに清拭してから、睾丸を軽く握った。揉むようにしてしこりを探る。

「睾丸、副睾丸、精巣ともに特に異常はなし、と」

白色ワセリンを肛門に塗布した。

「うっ」

女医の人指し指が直腸に挿入されると、福川は低く呻いた。彼女の指が男の肉体の中で動く。

「前立腺、直腸下部から肛門にかけての異常もありません。勃起テストをします」

右手の人指し指を直腸に埋めこんだまま、女医の左手が福川の男根を摑んだ。ワセリンで潤滑した指がからまり、巧みに動きはじめた。

「う……」

福川は目を閉じて呻いた。今度は苦痛のではない。快感の呻きだ。すぐに勃起が始まり男根が屹立してゆく。

少しして令子は肛門から指を引き抜き、男根にからめていた指を離した。

「オーケイです。インポテンツの兆候はありません」

「それはありがたい」

女医が訊く。

「今夜は、特別診察の方は？」

「もちろん、お願いしますよ。夜を徹して……」

「それでは、私の才能のすべてを駆使して診察してあげましょう」

ガラリと態度が変わった。有能な医師の姿から妖艶でセクシィな、男を魅惑する成熟した女へと。

「では、ちょっとお待ちになって」

部屋の隅のロッカーから白いバスローブを取り出して、診察台から解放された福川に手渡した。彼はそれを纏い、手早く後始末をしている女医の後ろ姿を眺めて思った。

（あいかわらず魅力的だな。まったく、一介の町医者にしておくのは惜しい……）

――福川は賛嘆の念を抱かずにはいられない。

この男の名は福川隆介。マスコミ界の風雲児として知られる。

出版、新聞、放送、映画、ホテルやゴルフ場などのレジャー産業、イベント、ハイテク情報産業など三十六もの関連企業を擁する『メディア・メッツ・グループ』の総帥《そうすい》として君臨している男だ。

四十六歳の若さで、政財界からも一目置かれる存在にまで駆けあがった。彼自身、やがては政界への進出を考えている。

そんな彼が、一年前、突然にインポテンツに陥った。

過重なストレスと、攻撃型人間にありがちの成人病が相乗して、彼の性交能力にダメージを与えたのだ。

その時に治療を申し出たのが、偶然に知り合った鷹見令子だった。彼女は独自の治療法で見事に隆介の男性を回復させてやった。

以来、隆介は令子に惚《ほ》れ込んでしまった。女としての魅力と、医師としての才能の両方に。

今、鷹見令子は彼の主治医の役割を務めている。隆介は二週間か三週間に一度、ここを訪ねて検査を受け、健康管理のアドバイスを受ける。その時、特別診察——性交能力検査も必ずしてもらう。勃起や射精が可能か、女医の手で試してもらうのだ。

ふだんは他人に頭を下げることなど必要ない専横な権力者が、この診察室ではただの患者となり、全裸になって肛門から指を突っ込まれ、男根をしごかれ、射精を強制されるという屈辱に耐える。彼はマゾヒストではないが、そういう診察で説明しがたい快楽を味わうのは事実だ。それが病みつきになってしまったらしい。

令子の態度も変わってきた。最初は指だけで射精に導いたのが、唇を使うようになり、数カ月後、診察用ベッドに仰臥した彼に騎乗してきた。やがて特別診察の最後の部分は彼女の自室、ダブルベッドの上で行なわれるようになった。こうなると、もはや医療行為ではない。成熟した男と女の交歓儀式だ。

そうやってセックスを楽しむ関係になっても令子の方はあくまでも、ある境界線を越えようとしない。つまり、隆介の愛人となることを受け入れないのだ。

隆介はこれまで二回の結婚に失敗、今は独身である。女性関係は派手そのものだ。今は傘下のテレビ局で人気のあるニュースキャスターとの関係が騒がれている。それ以前はやはり傘下の劇団のスター女優、夫のある美人ファッション・デザイナー、さらに人気ファッションモデル……など、関係をもった女性を挙げたらキリがない。

しかし、今の隆介にとって、令子は別格の存在だ。実際、二カ月前には本気で愛人関係の締結を申し込んだぐらいだ。令子はやんわりと拒否した。

「今のままの関係が一番よろしいのではないでしょうか？」

そう言われて引き下がったものの、まだ諦《あきら》めてはいない。これまで欲しいと思ったものはすべて手に入れてきた男なのだ。拒否されればかえってファイトが湧く。

（いつかは、おれ専用の女にしてやる……）

そう思っている。

鷹見クリニックの経営は隆介が支払う潤沢な診療報酬に支えられている。令子の苦境を知った隆介は建て替えのための融資の保証人になってやった。第二診察室にやってくる患者の半数近くも隆介の紹介だ。本来なら令子は、庇護者である隆介に頭が上がらないのだが、この女医はそんな態度を露ほども見せない。その誇り高い姿も、隆介を惚れさせる理由の一つである。

（まあ、この女は文字どおり、おれのキンタマを握っているからな……）

隆介は、令子も彼との関係を楽しんでいるのを知っている。だから焦ってはいない。それに、男と女の関係を除いたとしても、令子は優れた話し相手であり相談相手だった。

一時間後、二人は令子の豪華な寝室の、ダブルベッドの上にいた。

診察台で受けた屈辱に復讐するかのように、特別診察という名目での愛情交換は、隆介が徹底的に主導権を握るようになった。

理知的な、怜悧《れいり》な美貌の持ち主である女医は、彼に組みしかれ、玩弄されて泣き悶える牝獣と化す。今夜も最後は失神したようになって、隆介の征服欲をおおいに満足させた。シャワーを浴びた後、令子は魅惑的なネグリジェに着替えた。隆介はシルクのローブ。二人は美味なシャンパンを口移しで呑んだ。令子は笑いながら言った。

「射精テストは異常ありませんでした」

その言葉を聞いて笑った隆介は、ふと思いだした。

「そうそう。金田が喜んで電話をしてきたよ。きみとアシスタントのおかげで自信を取り戻し、無事に奥さんともセックス出来たと言って。一時は『女房に離婚される』と青い顔をしていた男だが、今はすっかり元気になったようだ」

あの金田という患者は隆介が紹介したのだ。金田が支配人をやっているシティ・ホテルは隆介が好んで使う。その関係で顔なじみなのだ。女医は頷いた。

「そうですか。それはよかったですね」

「そうそう、飯田——飯沢も、嬉しがって報告してきた。何ときみは、彼の童貞を奪ってやったそうじゃないか」

飯沢——どうも本名は飯田というらしいが、彼もまた隆介が紹介したのだ。

「私ではありません。アシスタントが挿入テストをしてあげたんです」

「そのアシスタントというのが、なかなかチャーミングだそうだね。飯沢は夢中になってしまったらしい」

令子はクスッと思い出し笑いをした。

「女性が怖くて、三十まで童貞だった男性ですからね。祐美ちゃんが一生懸命、挿入テストの実験台になってあげたので、感謝してました」

「ぼくの所に『あのアシスタントの子と結婚したいんです。福川さんの力で何とかしてください』って電話してきたよ。まんざら冗談でもなさそうな口調だったが」

「あらあら。最初の相手だったから夢中になったのね。でも、そのうち他の女性に目がゆきます。エリート中のエリートという、将来を嘱望されたお役人さんなんでしょう？」

「それはそうだが……」

「祐美ちゃんは一介の准看護婦よ。本人同士がよくても周囲が許さないでしょう」

「その祐美という子だが、どこで見つけたんだい？」

「クリニックの方の看護婦なんです。前にいた看護婦が辞めた後、募集広告を見てやってきたの。まじめな子だけど、どういうものかセックスに好奇心が強いんです。どこから見てもそんなふうには見えない、清純、可憐、清楚といった十八歳の娘なのに……」

「ほう……」

隆介が関心を示したのを見て、女医はからかうような笑みを浮かべた。

「興味があったら会わせてあげましょうか？　今夜はあなたの診察のアシスタントをさせてもいいかと考えたのだけど……」

「いやいや、おれは飯沢のようなロリコンじゃない。熟女が好みだから、そんな自分の娘と同じ年頃の娘には興味がないよ」

隆介はあわてて顔の前で手を横に振ってみせた。令子はそんなことで嫉妬するような女性ではないと知っているのだが。これまで一度も彼の女性関係のことに首を突っ込んできたことはない。

「しかし、今は看護婦が絶対的に不足していると聞くね。よく、そんないい看護婦が雇えたものだな」

「若い子だと、ふつうは大きな病院に勤めたがるものですけど、本人に事情があるらしいんです。前はＦ県の総合病院にいたんだけど、それがお礼奉公だったので、逃げてきたみたい」

隆介は眉をあげてみせた。

「何だい。お礼奉公って？」

「知らないんですか。看護婦が不足しているものだから、中卒や高卒の少女に金を出して看護学校に行かせる病院経営者が増えているんですよ。その子が資格をとると一定の期間、そのパトロンの病院で働かされる——そういうシステムをお礼奉公というんです」

「なるほど。一種の奨学金制度だな。合理的なシステムじゃないか」

「だけど、恩に着せて、その看護婦を酷使するところが多いんですよ。祐美ちゃんの病院もそうだったらしく、彼女はそれに我慢できず、准看になって一年勤めただけで、辞めて上京したんです。まだお礼奉公の期間中だったらしいけど」

「それじゃ、向こうの病院の経営者は怒るだろう」

「だから、ここに勤めていることは内緒にして下さい——って、最初に言ったわ。上京して職探しするのにも、ふつうはナースバンクという所に登録するのだけど、それだと記録が残って就職先も分かってしまうので登録しなかったというの。大病院だと見つかりやすいというので、それで開業医のところに来たのね。それぐらい脅《おび》えているんです。今だってあまり外出もしないし……」

「昔の吉原の女郎じゃないか。足抜けした女郎は、捕まると折檻《せっかん》される」

「私もね、窮鳥、懐に入らば——という心境になっちゃって。だって目がくりくりして、ふつうでもちょっと泣きべそをかいているように見える子なの。何か母性本能をそそられるようなところがある子なんです。一応、元の勤務先のことは、医師仲間のネットワークを通じてあたってみたけど、実際、悪名が高い所なの。彼女が逃げだしてきたのも分かるような気がするわ」

「ほう、何ていう病院だい」

「ときわ総合病院。病床が千二百ある、F県でも有数の総合病院なんですけど」

「ときわ総合病院⁉」

隆介の顔つきが変わった。ガバッと体を起こす。

「どうかしたんですか？　怖い顔をして」

女医が驚いた顔をした。

「いや、その病院の名を耳にするのは、今日で二度目だからさ。偶然だな」

「福川さんはどこでその病院の名を？」

今度は女医の方が好奇心を抱いたようだ。

「うむ、それを説明すると長くなるんだが……そうだ、きみに相談してみたいと思って、これを持ってきたんだ」

隆介はベッドから降り、ソファに投げ出してあったアタッシェケースからビデオを取り出した。

彼はそれを寝室の隅に置いてあるＡＶ装置のビデオデッキにかけ、再生した。大型のモニターに画像が映った。

「何ですか、これ？」

令子は目をみはった。

――まず、手書きのテロップが現れた。

『アイドル・タレント淫乱責め』

「まあ、一種の裏ビデオだと思ってくれていい。まだ何人も見ていないはずだ。ぼくも今日、初めて見たんだ。見たあとで、きみの感想を聞きたい」

「…………」

ベッドで昂奮を盛り上げるために持ってきたものではない。だったらこの部屋に入った時にすぐ取り出したはずだ。隆介の表情が厳しいものに変わったので、令子は口をつぐんで画面に見入った。

――画面に若い娘が映った。

広い部屋だ。天井が高く、梁《はり》が縦横に走っている。壁はコンクリート。床はタイル。ひどく殺風景な感じである。窓もない。地下室なのだろうか。

部屋の中央に若い娘が立っていた。いや、立たされていた。

年齢は十八、九歳。長い黒髪の、見事なプロポーションの肉体。それを惜しげもなく晒して。

身に着けているのは黒いサテンの、肘までの夜会服用手袋、そして黒いナイロンのガーターストッキング。その他は下着の一枚も着けていない。

彼女はカメラの真正面に、両足を拡げ、バンザイをしているように両手を頭上に上げて立っていた。だから乳房も恥部も完全にまる見えだ。

自分の意志で四肢を拡げているのではない。両手も両足も、二メートルぐらいの長さの鉄パイプの、それぞれの端にくくりつけられているのだ。

両手がくくりつけられたパイプは、さらに天井からの梁に吊られている。彼女の体はそのパイプによって宙に吊り上げられている。足は踵《かかと》が浮き、爪先でようやく床につくぐらいの不安定な状態で吊り立ちにされているのだ。手袋とストッキングは、パイプにくくりつけた手首や足首の部分の皮膚に傷がつかないようにという配慮だろう。

（SMプレイね。それにしてもきれいな子だこと。よく見つけてきたものだわ）

令子は感嘆した。白い艶やかな肌はどこもピンと張りつめたようで、健康で瑞々しい若さが溢れている。それは祐美が持っていて、毎晩のように令子が愛撫している若さと同じだ。しかし、この娘の方がスリムで背が高い。乳房もそんなに大きくはない。乳首は赤みを帯びたピンク色で、それはぼっちりと膨らんで突き出している。充血しているのだ。

顔だちは分からない。口の部分に梱包用のガムテープがべったりと貼りつけられて、顔の下半分を覆っているからだ。それでも相当な美少女だと分かる。祐美は丸い大きな目だが、この娘のはやや切れ長だ。

医師としての令子が、まず注目したのは、その目だった。潤んで焦点が合わない。

（陶酔しているのかしら？）

彼女がされている立ち吊りというのは、非常に苦しい、筋肉に負担のかかる姿勢だ。これがSMプレイという、相互の了解の上でなされている性的な遊戯だとしても、少女の表情——特に、その目に苦痛とか緊張の色が見えていいはずだ。

次に令子の視線は、少女の下腹部に注がれた。鉄パイプによって股を大きく割り裂かれているから、秘部はあからさまに露呈されている。秘毛はさほど繁茂しているわけではないから、やや菱型のくさむらから秘唇が透けて見える。秘唇はほぼ左右対称に整って、ここも清純な眺めだが、驚いたことに薄白い液が片方の内股を濡らして膝からふくら脛《はぎ》へと伝い落ちているではないか。

（こんなに愛液を洩らして……性的に激しく昂奮しているんだわ！）

その証拠に、少女の腰は淫らな動きを見せている。時に前後に、時に左右に、観客を挑発するストリッパーのようにくねっているのだ。

「むー、うーふー、うーッ」

ガムテープで口を塞がれているので、鼻からしか呼吸できない。呻き声も鼻息と共に吐き出されている。苦しいというより、快感にあられもなく酔っているという感じだ。

吊られた状態で裸身をしきりにくねらせている少女の傍に男が現れた。黒いブリーフ一枚の裸だ。筋肉が隆々として、まるでプロレスラーのような体格だ。黒光りする肌は、まるで陶器のようだ。黒いストッキングをすっぽりかぶっているので表情が分からない。二十代後半か三十代といったところだろう。全体にひどく不気味だ。ブリーフの股間はもっこり盛り上がっている。

男の手が、少女の唇に貼りつけられていたガムテープを引き剝がした。

「はあっ。ふー」

大きく口を呼吸する少女。その顔を見て令子は、

「あ」

思わず叫んでしまった。見覚えのある顔だ。

「この子、嵯峨エリカじゃありません？」

「そうだ」

福川は渋い顔をして頷いた。

「だけど……どうして？」

「それは後で説明する。ともかく一度、最後まで見てほしい」

——嵯峨エリカというのは、令子でさえ知っているアイドルタレントだ。隆介が率いるメディア・メッツ・グループのイメージガールコンテストで優勝したのを機に、隆介は彼女に目をかけ、CMはもとより、映画、演劇、さまざまなイベントに彼女を売り込んでやった。

愛らしい容貌、恵まれた肢体、歌唱力、運動神経に恵まれていたから、その人気はうなぎ上りで、グループが総力をあげて制作中のメディア・メッツ創立十周年記念ミュージカル作品、『宇宙との絆《きずな》』のヒロインにも抜擢された。年齢は十九歳。福川が我が娘のように可愛がっていることは周知の事実である。

（その少女が、どうしてこんなビデオに？）

その疑問を胸におさえこんで、令子は画面に注意を戻した。あるいはデビュー前に撮られたビデオかとも思ったが、髪型といい体型といい、つい最近のエリカに間違いない。

カメラはトロンとした顔の美少女の顔をアップで写した。エリカはカメラのレンズが近づいても、嫌がるとか恥ずかしがるという表情を見せない。ふだんは清純そのものの印象なのに、今の彼女はゾッとするほどの妖気を発散させている。まるで別人のようだ。

ブリーフ一枚の男は彼女を拘束し、吊っていたパイプにくくりつけていた縄をほどいた。手が自由になると少女はバタリと床に倒れこんだ。次いで足も自由になる。

「あー、うーッ……むーん」

自由の身になったエリカは、露わな秘部を隠そうとか、逃げようとかいう素振りはまったく見せない。床にペタリと臀部をつけカメラに向かって大股びらきの姿勢をとった。明らかに挑発している。

「ねぇ、やってよ。お願い、やって……エリカを」

少女の紅い唇から、かすれたような声がしぼり出された。

「そんなにやってほしいのか」

仁王立ちになった男が、彼女を見下ろしながら嘲笑する口調で言う。

「うん。やってほしいの。あー、たまんない」

彼女の黒いサテンの手袋をはめた手が股間へと伸びる。繁みの奥へと指が這う。

「あっ、うーん……ううっ。あー、いいわ」

舞台の上で演技するストリッパーのように腰を持ち上げて秘部を刺激してみせる。

「よし、自分でやって見せろ。オナニーで一回イッたら、一発ぶちこんでやる」

「そんな……今すぐ入れてよう、お願い」

男の毛深い逞しい腿にしがみつくようにして、ブリーフの股間の隆起に顔を押しつけようとする少女。男はグイと力をこめて彼女を蹴り倒した。

「やれ。やらないんなら、今度は逆さ吊りにしてやろうか」

手にしたロープを見せつけて、縛りあげる仕草をする。

「やだ。もう縛らないで……やるから」

不服そうに口を尖らせた少女は、股間に両手をあてがった。

指で自分を辱める行為が始まった。

「あっううっ、むー、うぐくうっ、はうっ、うーン、むむむ……」

サテンの手袋の指の部分がぐっしょり濡れる。少女の顔が紅潮し、尻が床から浮く。爪先に力が入ったかと思うと、白い喉を見せてのけぞり、びくびくと全身に痙攣が走った。

「イヤーッ、ああん、イクう！　あうあう」

甲高いオルガスムスの声を迸《ほとばし》らせて少女は床の上にぐったりと伸びた。それでもまだ不満なのか、手は秘丘にあてがわれ、指は谷間を這い回っている。若々しい肢体が爬虫類《はちゅうるい》のようにくねり悶え続ける。

「よしよし、それじゃ一発かましてやる。その前にくわえろ」

男がブリーフを脱ぎ捨てて近寄り、黒髪をひっ摑んでグイと乱暴に上半身を引き起こした。顔の前に恐ろしいまでに怒張した巨大な肉根が押しつけられた。少女は何の嫌悪も見せず、むしろ待ち焦がれていたかのようにそれを両手で摑み、大きく口を開けてむしゃぶりついた。

「こら、歯をたてるな。舌を使え、舌を。バカ」

ストッキングの覆面をかぶった男は少女の頰を張りとばしたりしながら、自分も尻を床につける。少女は四つん這いになって男の股間に顔を埋める姿勢になった。すると背後からもう一人、裸の男が現れた。彼もまたストッキングの覆面をかぶり、青いトランクスの下着一枚という姿だ。体は痩せていて前の男よりも年上だ。四十代前半だろうか。背中いっぱいに刺青《いれずみ》が入っていた。図柄は吉祥天のようだ。どう見てもヤクザである。

彼はフェラチオに熱中している少女の背後に位置して、トランクスを脱ぎ捨て、全裸になった。彼の欲望器官は若い男よりもさらに一回り大きいのではないかと思われた。

二人の間で合図が交わされた。

「よし、今度はこっちだ」

少女の髪を摑んで引き離すと、逆向きに四つん這いにして、膝をついた自分の股間に引き寄せる。少女は何の抵抗も見せず、新しい、まだ完全に隆起していない器官にむしゃぶりつく。

最初の男は少女の奉仕で完全に怒張した、唾液で濡れた肉根を手に持つようにして、少女の臀部の方へと回り、床に膝をついた。

「くらえ」

少女の硬質な丸みを見せる臀部を抱え、谷間の奥へと巨根をあてがい、一気にぶちこんだ。

「ぐ」

少女の背が反り返った。

「こら、ちゃんとしゃぶれ」

ガッシと頭を押さえつける年上のヤクザ。若い男の器官が少女の愛液で溢れた性愛器官をえぐり抜く。

第八章　調教ルーム

——それから一時間、少女は二人の男にさんざん玩《もてあそ》ばれた。二人とも荒淫で鍛え抜いた体力と技巧の持ち主だった。少女は常に口と膣のどちらかに男たちの欲望器官をぶちこまれ、ヒイヒイと啼《な》き、ぎゃーと絶叫し、あうあうとよがり声をあげて乱れ狂った。

最初に後背位で若い男が射精し、次いでヤクザが組み敷いて屈曲の体位で子宮の奥へ噴き上げた。

ビデオの最後は、ぐったりと床に伸びた少女の、ひくひくと収縮する膣口から溢れてくる精液をアップで写したシーンだ。

福川がリモコンの停止ボタンを押した。

「ここまでで、どういうことが分かる？」

令子は考える目つきになって、医師の口調になって答えた。

「この少女は、始まった時から性的な昂奮状態にありました。乳首が勃起し、膣口から大量の愛液が溢れていましたから。ただし強制された性的昂奮です。たぶん薬物によるものです」

「薬物？　どうしてそれが？」

福川の声が緊張した。

「たとえば、身体を拘束して無理やり性感帯を刺激することによって女性を昂奮させるのは可能ですが、瞳孔《どうこう》があんなふうに拡大するのは稀《まれ》です。舌がもつれて発声が不正確でしたし。また刺激を中断すると昂奮は急速に醒《さ》めるものです。一番の証拠は、あの太腿のつけ根です。小さな絆創膏が見えませんでした？　注射針の痕跡を隠してるんでしょうね。だとしたら、普通の薬じゃありません。ああいう場所に打つことはまずありませんから」

「それは気がつかなかった。ふむ……薬物だとしたら、どんなものを？」

「私がインポテンツ治療に使っているＶＩＰや塩酸パパベリンでも同じような性器の充血がひき起こされますけど、この子はアンフェタミン——覚醒剤の可能性が強いですね。苦痛に対する感受性が減少しています。ヘロインなんかだともう少し筋肉が弛緩し反射運動が弱まるので、麻薬系統の薬物ではないでしょう。ただし並行して、粘膜に塗布する形の媚薬《びやく》——催淫物質を使っていると思います。あるいは催眠術のようなもの」

「それで、あんなに昂奮しているわけか。やっぱりな……」

「ねえ、どういうわけなんです？　あの嵯峨エリカがこんなビデオに出演しているなんて。まるで盛りのついた牝猫みたいにさせられて……」

福川隆介は、令子に問われて最初から事情を説明し始めた。

「このビデオを持ち込んできたのは、チッポケな興行会社をやってる男だが、実はその会社というのが巫山《ふざん》連合という組織暴力団の企業舎弟なんだ。つまり暴力団が資金源としている合法的に見せ掛けた隠れミノの会社だな」

——『オフィス・カツ』という興行会社の社長は、勝沼喜太郎といった。本人はまあ、ビジネスマンに見えなくもないが、連れてきた二人の部下はプロレスラーも顔負けの体格をもち、凶悪な面構えをしていた。どこから見ても暴力団そのものだ。

彼らは『メディア・メッツ・グループ』を統括する『メッツ・セントラル』のオフィスに乗りこんできた。隆介はふだん、そのオフィスにいてグループの指揮をとっている。

「大変です。へんなヤクザみたいな男がやってきまして、こんなものを……」

青くなって駆けこんできた秘書室長が差し出したビデオを再生してみて、隆介も仰天した。自分の娘のように目をかけ可愛がり育ててきた嵯峨エリカが、狂ったように男たち二人と痴戯の限りを尽くしている映像が飛び出してきたのだから。

「最初はぼくも、そっくりな顔の子を使ったのだろうと疑った。どう考えてもあのエリカがそんなことをするとは信じられなかったから。だが、何度見直してもエリカ本人だ。仕方ないから勝沼に会ったよ。いったい何のためにそんなビデオを持ち込んだのか、それを聞きたかったからな。まあ、だいたい彼らの目的は分かっていた」

隆介の言葉をひきとって令子が呟いた。

「恐喝ね」

「そうだ。実際に勝沼の要求もそうだった」

隆介は頷いた。

――勝沼喜太郎は隆介にこう告げた。

「このビデオはひょんなことから、ワシらのところに持ちこまれた。名前は言えないが地方で金に困った組織の連中だ。連中はこれを裏ビデオの販売ルートを通じて売りたいというんだが、メディア・メッツさんも秘蔵っ子の嵯峨エリカのイメージがめちゃくちゃになったら困るだろう。ワシらが間に入るから、連中の要求をきいちゃくれまいか。今あるのはビデオの原版と、このコピー一本だけだ。要求を呑んでくれたら原版はあんたらに渡す。絶対他に流出したりしないことは巫山連合のメンツをかけて誓う」

その段階までは、隆介も「金でカタがつくなら、要求を呑むしかない」と腹をくっていた。嵯峨エリカは大作SFミュージカル『宇宙との絆』のヒロインだ。公演の初日は二週間後に迫っている。その時期にこんなものが出回ったら大変なことになる。たとえ「そっくりの女性を使ったもので、本人ではない」と強弁しても無駄だろう。じっくり見れば絶対に本人と分かる。それほど画質がいい。

「無理やり薬物を打たれた状態で強制させられたものだと言い訳しても？」

令子の言葉に隆介は苦笑しながら首を横に振った。

「たとえレイプされた現場を撮られたものだとしても、エリカのイメージは崩壊してしまう。大衆は残酷なものだよ。清純さで売ってきたアイドルが、たとえ本人の責任でなくても汚されたと知ったら、誰も見向きもしない」

隆介は密《ひそ》かにアメリカのプロデューサーと交渉して、エリカをブロードウェーに送りこもうとしていた。海外進出への足がかりも着々と作っている。すべての計画が泡と消えるばかりか、メディア・メッツの威信が揺らぎかねない。『宇宙との絆』が失敗したら経費的にもかなりのダメージになるのだ。

「分かった。いくら欲しいのだ」

隆介が尋ねると、勝沼はニヤリと笑って答えた。

「金じゃない。株だ。北友新聞と北友放送の、二十パーセントの株を譲渡してくれたら、すべて丸くおさまる」

その瞬間、隆介はこれが単なるヤクザの恐喝事件でないことを知って愕然とした——。

怪訝《けげん》そうな顔をする令子。隆介は説明した。

「勝沼は下っぱも下っぱ。ただの使い走りでしかない。その上にはでかい組織があるんだ。連中の狙いは、北友新聞と北友放送をおれから取り上げることなんだ」

「分からないわ。北友新聞と北友放送といえばF県の……」

「そうだ。県庁所在地のときわ市にある新聞社とテレビ局だ。三年前、メディア・メッツが過半数の株を買収して、今はグループの傘下にある」

「どうして、そんな地方のメディアが問題なのかしら？」

「話せば長いことだが……」

隆介がかいつまんで説明したのは次のような状況だ。

F県の政治、財政は、坊城光信《ぼうじょうみつのぶ》という人間が動かしている。今は八十歳という老齢だがなお矍鑠《かくしゃく》としている。

戦前までは山林王といわれた一家で、戦後、観光事業に進出、今では光心会グループというのが県下の交通、流通、ゴルフ場などのレジャー産業のほとんどを支配している。マスメディアも同様で、新聞は北斗民報、放送は北斗テレビを握って放さない。一族は政界にまで進出し、今の県知事は光信の甥《おい》、県選出の保守党代議士は光信の長男だ。F県では何をやるにも光信の許可を得なければ出来ないと言われている。もちろん主要企業の経営陣にはすべて一族の誰かが送りこまれている。

県政が完全に光信とその家族に牛耳られ、私物化されていることが問題視されなかったわけではないが、光信は巨額の献金によって中央の政界にも知己を通じており、中央から赴任してくる県警本部長さえ頭が上がらないと言われるほどだから、反対派の声はほとんど圧殺されてしまう。メディアを握っている独裁者は強い。県民は光信とその一族に都合の悪い情報を得ることは出来ないようになっている。

その一族支配に突き刺さったトゲが北友放送と北友新聞だ。

北友放送は十年前に開局したが、当時から光信の息がかかっていた。北友新聞は以前、ときわ新報といって、反坊城派の人物が細々とやっていた小さな新聞社だ。三年前、隆介は画策して、協力関係にあった北友放送の過半数の株を買収、経営権を握った。同時にときわ新報も編集人ごと買い取って北友放送の系列下におくことにした。

隆介の意を体して派遣された経営陣がやったことは、光信とその一族の批判だった。光信たちは仰天し激怒した。ありとあるゆる嫌がらせが行なわれたが、隆介も負けてはいない。グループの力を結集してこの二社を支援した。部数が一万を切っていた田舎の新聞が、今では発行部数二十万部を超す、有数の地方紙に成長した。

隆介がそこまで意地になったのは、ある事件が引金になっている。

F県の海岸沿いにトド岬という、風光明媚な半島がある。近くには海水浴場、ゴルフ場もある。隆介は一度、ここにあるクラシックなホテルに一泊し、ホテルも周囲の環境もひどく気に入った。

ところが、聞けばそのホテルは設備が老朽化したことで客足が落ち、閉鎖寸前だという。

「こんなクラシックなホテルが潰《つぶ》れるのはもったいない」

隆介は傘下のホテル・グループに、このホテルを買収させることにした。この一帯は観光地として将来性に富んでいる。その拠点としてちょうど良い場所にあるからだ。設備を新しくして新館を建てて客の収容力を高めれば充分採算がとれる――隆介の部下はそう報告してきた。

そうやって買収に乗り出した途端、猛然と横槍《よこやり》を入れてきたのが、坊城一族の支配下にある光心会グループだった。

彼らもかねてからこのホテルの立地条件の良さに目をつけ、買収を計画していた。経営者は光信を嫌って、買収を拒んできた。「それならば」と光信らはあらゆる手段で営業の妨害をはかり、ホテルが出してきた増築計画も何やかやと難癖をつけて許可しない。そうやって経営を傾かせ、音をあげたところで買い叩いて手に入れよう――というのが光信の考えだったようだ。

そこにいきなり、県外勢力、それも全国的にマスメディアとレジャー産業のネットワークをもつ『メディア・メッツ・グループ』が乗り出してきたのだ。光信は怒り、「何としてでも福川隆介の手に渡すな」という命令を出した。隆介の傘下でもホテル部門はまだ強大とはいえない。面倒なことになると知ったら、彼も手をひくだろう――という読みだ。

F県選出の代議士――光信の長男から呼び出しがかかり、やんわりとした口調で、しかし冷やかに「トド岬からは手をひいた方が、お互いのためでしょう」と言われた隆介はカッときた。それまでの調べで、坊城光信とその一族がF県のすべてを私物化していることを知って不愉快になっていたところだ。

「そちらも商売なら、こちらも商売、フェアにやりましょうや」と言って席を蹴った。以来、光心会グループとメディア・メッツ・グループは公然とした敵対関係にある。ホテルの過半数の株を買収して経営権を握ったものの、光心会グループの露骨な妨害や競争によって利益は期待できない。

「こうなったら、元凶の坊城光信を叩くしかない」

隆介はそう考えた。しかし県民はいかに光信らが非道なことをやっているか、それを知らない。それを伝えるマスメディアがないのだ。そのために隆介はテレビ局と新聞社を手に入れた。隆介はメディア・メッツの核となっている『メディアテレビ・ネットワーク』で全国的なキャンペーンを打たせた。地方の政治が少数の権力者によって左右されている弊害を訴えるのが趣旨で、まず最初に槍玉に上げられたのがF県だった。もちろん北友放送のテレビ番組にも流される。

坊城光信は激怒した。彼がえいえいとして築きあげた牙城《がじょう》に、隆介が挑んできたからだ。しかも真実を知らされて県民の怒りがつのりだした。あらゆる場所で坊城一族支配を打破しようという動きが出てきた。このままでは次回の選挙で息子の光政《みつまさ》は代議士の座を失うかもしれない。県知事の甥も再選が難しくなる。

「隆介の手から北友新聞と北友放送をもぎとれ」

それが光信からの最優先指令となっていたのだ。

「なるほど、それで嵯峨エリカのビデオと引き換えにその二社の株をあなたから奪おうという狙いなのね」

令子は理解した。

「そういうわけだ。ぼくが断るのは簡単だが、そうしたらエリカの未来はなくなる。彼女に賭けた巨額の投資もムダになる。かといって、F県から手をひいて坊城一族の好きなようにさせておくわけにもゆかん。ぼくは困った。『考えるから一週間待ってくれ』と頼んで、今日のところは勝沼らを帰させた」

――すぐに嵯峨エリカ本人と関係者が呼ばれた。

「これは私じゃないわ！」

ビデオを見せられたエリカは叫んだ。そんなことをした覚えはまったくないというのだ。二十四時間、彼女に密着しているマネージャーも付人の女性も証言した。「エリカがそんなビデオに出演する時間はなかった」というのだ。

だが、ビデオの画面を拡大して身体の特徴を比較すると、黒子《ほくろ》の一つ、痣《あざ》の一つまで一致した。声から表情まで、すべてエリカ本人のものだ。エリカは狂乱し泣きわめいた。

「何かの間違いよ！　私はまったく覚えがないんだから」

そこでここ半年――ヘアスタイルをビデオのようにしたのがその時期だった――の彼女のスケジュールを綿密に調べていった。実際、本人やマネージャーの言うとおりだった。彼女は常に仕事場と自宅を往復しており、たった一人で自由に動き回ったことが一日もない。いや、半日もない。常に周囲にはマネージャーか付人がいた。

「これは、どういうことだ⁉」

隆介はエリカとマネージャーたちがグルになって自分を騙《だま》しているのではないかという疑いさえ抱いた。しかし、それはあり得ない。隆介を騙して利益になることは何もないのだから。

調査室――グループの活動を円滑にするため、元刑事や記者あがりなどを集めて秘密の調査を行なう、隆介直属の機関――のスタッフが、ようやく一点の突破口を見つけた。

「一カ月前、F県でステージをやった帰り、急病でひと晩、入院していますね。この時に何かされたと考えられませんか？」

Ｆ県にはエリカのＣＭスポンサーである某製薬会社の工場がある。そこの従業員慰労会に顔を出してくれないかという要請で、エリカとマネージャー、付人の三人が工場のある黒松市へ向かった。黒松市は光信の牙城であるときわ市の南、二十キロにある。

最初の予定では車を使って高速道を往復、その日のうちに帰京することになっていた。エリカが宴会で挨拶し、歌や踊りを披露するのが夜七時。九時には解放されるので、そうすれば真夜中すぎには東京の自宅へ帰りつける。きついスケジュールだが売れっ子タレントのエリカは毎日がそんなものだ。

異変が起きたのは、宴会での仕事が終わった直後だ。ＣＭスポンサーの社長や幹部との挨拶を終えて帰ろうとした途端、はげしい腹痛に襲われてエリカが倒れてしまったのだ。すぐに救急車が呼ばれた。

「大事をとって一番信用できる大きな病院まで運びます」

救急隊員がそう言い、猛スピードで運びこんだのがときわ市のときわ総合病院だった——。

「しかし、あの夜はエリカは薬を打たれて、病室でひと晩を過ごしただけです。どこかに行けるような体調ではなかった。それに付人も朝まで同じ病室にいたんです」とマネージャーは疑惑を否定した。付人も頷いた。エリカは病院で薬を打たれた後、すぐに眠ってしまったので、何も覚えていないという。

「絶対に、その晩、何もなかったのか？」

隆介はマネージャーと付人にもう一度、記憶を辿らせた。

医師は「神経性の急性大腸炎だと思います。消化管の活動を抑える薬と、疲労回復のための点滴で様子を見ましょう」と言った。その処置のあと、エリカの痛みは去ったが消耗が激しく、とても動かせる状態ではない。医師はひと晩入院して様子を見るようすすめた。マネージャーはやむなく入院させることにした。

エリカが入った病室は病院の新館六階にある特別病棟。要人や名士しか入れない豪華な個室のうちの一つだった。マネージャーの要求に応えて病院が手配してくれたのだ。

「特別病棟は看護婦も多く、患者の看護に心配はありません」

そう言われてマネージャーは付人を残して近くのホテルに泊まった。付人は二十五歳の女性だったが、エリカが最も信頼して身の回りを任せている人物だ。彼女はエリカの個室にあるもう一つのベッドで眠った。

エリカは注射を受けたあとぐっすり眠りこんだ。それが十時半だった。マネージャーは十一時まで部屋にいてホテルに帰った。付人は十二時に看護婦が回診に来て、異常がないのを確認した後で眠った。目が醒めたのは朝の六時。エリカはあいかわらず昏々《こんこん》と眠っていた。

「あんたは夜中、一度も目を醒まさなかったのか」という隆介の質問を受けて、付人は唇を嚙んだ。

「あの晩、何やかやと大変だったので、すごく疲れていたんです。六時まで一度も目が醒めませんでした」

エリカの腹痛は治っていたが、ひと晩眠ったにしても疲労感はとれなかったという。

病院はもう一日入院をすすめたが、マネージャーはそれを断り、ベッドのついた病人搬送車を手配して、午前中に退院させて東京の病院へと運びこんだ。精密検査の結果、特に異常は発見されず、「やはり急性の大腸炎だろう」ということになった。東京に着いた頃にはエリカもすっかり元気になっていたし、翌日からの仕事にも支障はなかった。それで誰もが、そのことを忘れてしまっていたのだが……。

「どうも、ときわ市の病院というのが気になるな。坊城光信の城下町みたいなところだ。その病院のことを調べてくれ。とにかく深夜から朝まで、六時間、エリカは誰の監視も受けていなかったことになるのだから」

隆介は部下にそう指示を出した。ビデオの件は、明日、緊急のグループ幹部会を招集して協議することになっている。

「というわけだ。おかげで今日はてんてこ舞いだった」

説明を終えた隆介は溜《た》め息をついた。

「病院で一夜を過ごしたのなら、そこでこのビデオを撮られた可能性は強いですね。病院の中で医師と看護婦がグルになったら、どんなことでも出来ます」

令子がそう言うと、隆介も頷いた。

「そう思うかね、やっぱり。しかし分からないのは、エリカが強硬に『そんなことをされた覚えはない』と言い張ることだ。それが嘘でもなさそうなのだ。そんなことが出来るかね。記憶を消してしまうようなことが?」

「できますよ」

令子はあっさり肯定した。

「簡単です。催眠状態にして暗示をかければいいんです。後催眠暗示といって、催眠状態がとけた後のことを指示して脳に刻みこむことが出来ます。催眠術者が被験者に『目が醒めたらとても気分がいい』と言うと、被験者はその暗示を受けて、覚醒した時、本当に気分が良いと感じるんです。同じように『目が醒めたら、あなたは今までのことを全部忘れています』と指示すれば、被験者は催眠術をかけられたことさえ、忘れてしまいます」

「記憶が抹消されたということかね？」

「いえ、記憶そのものは大脳の細胞の中にあるんですが、そのことを思い出すための索引のような部分に鍵がかかってしまうんです。何か別の強い暗示、あるいは衝撃などで、忘れるように暗示をかけられた記憶が取り戻せることが確かめられています。でも、エリカの場合は思い出さない方が幸福じゃないでしょうか？」

「それはそうだな。実際に自分があんなふうになったのだと思ったら……多感な子だ、自殺しかねない。しかし驚いたな、催眠術とは……」

隆介は唸った。

「最近は、催眠術を応用した自律訓練法というのが、心身症とか心因性疾患など医師の手に負えない病気に有効だと分かってきて、その技法を身につけている医師は多いですよ。私も専門家について習いました。催眠治療というのは心因性インポテンツや不感症の治療にはよく効くんです。ときわ総合病院の医師の中に、そういう専門家がいたとしても不思議はありません。覚醒剤のようなものを打ち、催淫剤を使って性的昂奮状態に陥らせたとしたら催眠感受性というのは極めて高くなります。後催眠暗示も強く効くでしょう。翌朝、エリカがまだ疲れているといったのは無理ないですね。本人は覚えていないのに二人の男を相手に激しくセックスしたのですから」

「だとしたら、やっぱり光信の陰謀か、許せん……」

隆介は唇を噛み拳《こぶし》で膝を叩いた。彼が実の娘のように目をかけてきた美少女が、二人のヤクザに徹底的に犯しまくられ、あまつさえそのすべてをビデオに記録されたのだ。彼の目は凶暴な光を帯びた。

「祐美ちゃんが、そのときわ総合病院にいたというのも、何かの因縁ね。彼女を呼んで、病院の事情を聴いてみたらどうかしら？　何かあの病院のことで知っていることがあるかもしれない。そうしたら対策の方法も思いつくかもしれないわ」

「そうだな。でも十二時近い時刻だ。もう寝ているだろう」

「さあ、どうかしら？　起きていると思うけど」

令子は枕元のインタホンのボタンを押した。すぐに祐美の声が応じた。

「はい、先生？」

「祐美ちゃん、起きてたの？　オナってたんでしょう」

令子が言うと、恥ずかしそうな囁き声が返ってくる。

「ええ……」

「実はね、ちょっと話したいことがあるの。悪いけれど来てくれない？」

「はい、今すぐ」

祐美は嬉しそうな声を出した。令子がくすっと笑った。

「あの子、挿入テストの後は子宮が疼いて、なかなか寝つけないの。ふだんなら私が、それを解消してあげてるんだけど、今夜はしてあげなかったから……」

五分もしないうちに祐美はやってきた。部屋に入ってきて、令子が一人でないのを知って驚いた顔になった。彼女は短いネグリジェの上にカーディガンを羽織っただけの姿だったからだ。

「いいのよ、気にしなくて。こちらは福川さん。私の患者さんでお友達」

令子はネグリジェとガウン、福川は裸の上にローブだ。説明されなくても祐美には二人の関係が分かる。

（そうだったの……この人が）

祐美は納得した。うすうすパトロン的な男性がいるのではないかと思っていた。

「初めまして。小松川祐美です」

「いやいや、こんな恰好で失礼」

祐美と福川は向かいあう形で肘掛け椅子に座った。令子は祐美の椅子の肘掛けにヒップを載せて年下の看護婦の肩を抱く。第三者の前で、自分が彼女の庇護者であることを示す姿勢だ。

「福川さんはね、実はちょっと困ったことになっているの。あなたの知っていることが役に立つかもしれないと思って、それで呼んだのよ」

「どんなことでしょうか？」

祐美は訳が分からないという顔だ。

「まあ、最初にこのビデオを見てくれない？」

福川は嵯峨エリカが二人の男に犯されるビデオの、最初の部分を再生した。エリカは口の部分をガムテープで覆われている。だから祐美には誰か分からないはずだ。

「何ですか……これ？」

黒い手袋とストッキング以外、何も身に着けていない娘が天井から吊るされている映像を見せつけられ、祐美はハッと息を呑んだ。福川と令子は目を見交わした。祐美がエリカの正体に気づいたのかと思ったからだ。そうではなかった。

「この部屋、調教ルーム……ああ」

真っ青になって両手で口をおおった。体が硬直している。令子はあわてて強く抱き締めた。

「どうしたの、祐美ちゃん？　この部屋に見覚えがあるのね？」

「え、ええ……でも、どうして？」

祐美はガタガタ震えている。

「調教ルームと言ったね。何だい、それは？　どこにあるんだ？」

福川が身を乗り出した。祐美は喘《あえ》ぐような声で答えた。

「病院の中です。ときわ総合病院の……」

第九章　女帝のテクニック

祐美は明らかに激しいショックを受けていた。

そのショックから立ち直るのに少し時間がかかった。令子は彼女に口移しでブランディを呑ませ、少しの間、優しく愛撫してやった。ようやく落ち着きを取り戻すと、年上の美女は穏やかに質問した。

「祐美ちゃん。あなた、前に勤めていたその病院で、何か思い出したくないような体験をしてきたらしいわね。それを話してくれない？　特に、このビデオに写っている部屋のことも……」

「それは、とても人に言えるようなことじゃ、ないんですけど……」

祐美はしぶった。隆介の顔をチラと見る。彼のことを気にしているのだ。政財界の要人も一目置く人物はテーブルに手をつき、十八歳の娘に向かって頭を下げた。

「お願いだ。いま、このときわ市の病院のことで困ったことになっている。知っていることを教えてもらえないだろうか。お礼はするし、きみ自身の秘密は絶対に口外しない」

令子は隆介にアドバイスした。

「この際だから、ビデオの内容も全部、彼女に説明したら？　この子が秘密を守ることは、私が保証しますから……」

「うむ」

隆介は決断した。一方的に彼女の秘密だけを聴きだそうというのは虫がいい話だ。

「実は、ビデオに写っているのは、嵯峨エリカなんだ……」

ビデオの続きの部分を再生して見せながら隆介はこれまでの経緯を手短かに打ち明けた。

祐美は嵯峨エリカの特別なファンではなかったが、人気絶頂の可憐なアイドルが二人のヤクザにさんざん玩ばれ犯される光景を見て最初は息を呑み、やがて怒りの表情を露わにして口走った。

「理事長の差し金だわ。なんてひどいことを……」

隆介と令子は顔を見合わせた。

（確かにこの娘、あの病院でこの撮影が行なわれているのを知っている。理事長という人物が指令したらしい。そいつは誰なんだ？）

隆介は身を乗り出して質問した。

「きみはこの部屋を知っているね。どうも病院の中にあるようだな。そして、この病院から逃げ出して上京してきた。なぜなんだ？　とんでもない秘密が隠されているような気がする。もし困っているのなら、私たちが助けてあげよう。だから教えてほしい」

祐美は頷いた。隆介の誠意に打たれたのだ。

「分かりました。お話しします。少し長い話になるんですけど……」


——祐美は、ときわ市に隣接した汐見《しおみ》という港町で生まれ育った。家は船員相手の小料理屋を経営していた。

彼女が小学校六年生の時、両親が交通事故に遇った。深夜、店から家に帰る途中で居眠り運転のトラックと正面衝突したのだ。

父親は即死、母親は意識が回復せず、植物状態と化した。

一人残された祐美は、ときわ市にいる叔父夫婦にひきとられた。叔父はレストランのコックで、自分たちの子供も二人いる。経済的に余裕があるわけではない。祐美はそれが心苦しく、中学を卒業したらすぐに働こうと考えていた。

そのことを進路指導の教師に相談すると、叔父に負担をかけず学校へ行ける方法もあると教えてくれた。

「ときわ総合病院には、付属の准看養成所に奨学生制度があるんだよ。そこの奨学生になれば学費を全部出してもらって准看護婦になれる。それに、病院内の奨学生専用の寮にも無料で入れる。申し込んでみたらどうだ？」

ときわ総合病院——正しくは光心会ときわ中央総合病院という——は、病床数千二百という、ときわ市で最大の病院だった。奨学金の返還は、准看になって三年、この病院で働けば免除されるという。いわゆるお礼奉公である。

早く自立できる道を、と希望していた祐美にとって、看護婦という職業は自分に向いている気がしていた。もともと人に奉仕するのが嫌いではない。准看養成所で二年学ぶと准看護婦の資格がとれる。看護婦になる最短コースといっていい。まだ社会の仕組みをよく知らなかった祐美は、早く自立したい一心で奨学生になることを決意した。

奨学金を出す主体は、医療法人光心会というところだ。一期の定員は十名。学費と寮費が免除ということで人気があり、志望者が殺到した。筆記試験はなく、書類審査にパスしたものだけが理事長の面接を受け、それで採否が決められた。

面接の時、光心会の理事長というのが女性——それもまだ三十代半ばの美人——だったことに祐美は驚いた。

彼女の名は坊城靖子《やすこ》。後で知ったことだが、F県に君臨する坊城光信の次男、光治《みつはる》の長女だ。つまり光信の孫娘というわけだ。

光信の長男、光政は代議士となって中央政界へのパイプの役割を果たしている。次男の光治は地元のときわ市で、光信が築きあげた王国『光心会グループ』の管理を任されている。ときわ総合病院は、県下の他の総合病院、精神病院、老人病院などと共に医療法人光心会を作り、光心会グループの中核にある。靖子はその理事長にも就任している。もちろん祖父光信と父親光治の意向である。

光信は、孫たちの中で一番利発だった靖子を特に可愛がっていた。彼女を医療法人光心会の理事長に据えたのは単なる盲愛ではない。それだけ能力を買っているという証《あかし》である。光信の威信を背負っている靖子に逆らうものはいない。祐美が奨学生になった時、靖子はまだ三十三だったが、すでにF県の医師会を牛耳る立場にいて、光心会は県下のめぼしい病院をどんどん傘下におさめ、巨大な組織に育っていた。関係者は彼女のことを陰で、女帝と呼んだ。ちなみに靖子は、未だ独身をとおしている。その私生活は謎だ。

祐美を面接した靖子は、この少女をいたく気にいったようだ。その場で「あなたは文句なく合格よ。ただし、准看になって三年間、ときわ総合病院で働くことを誓ってくれたらね」と言った。祐美は喜んで誓約書に署名した。

祐美たち十人の奨学生は、病院の敷地内にある寮へ住み込んで准看教育を受けることになった。それが三年前のことである。

　看護婦養成教育というのは、病院での看護実習が大部分を占める。祐美たち看護実習生は、午前中は学校の授業、午後から病院内での実習という日課の他、学校が終わった後や土曜、日曜でも病院内の雑用をすることを義務づけられた。毎日遅くまで病院の中でこまネズミのように駆け回る毎日が続いた。

　しかし、祐美は不満を抱かなかった。寮にいる限り食費も含めて一切の費用を光心会が負担してくれる。寮は設備が整っているし、実習以外で働く分には時間給も払われる。

（こんな恵まれた環境にいられて、私はラッキーだ）

　祐美はそんな感謝の念を抱いて勉強と実習に励んだ。理事長の靖子が、じっと彼女を観察しているのにも気付かず……。

　ときわ総合病院の総婦長は、かつて坊城光信の番頭格だった人物の娘で、その関係から靖子の言いなりであった。

　総婦長は看護婦を統括する総責任者である。看護婦の扱いについては院長や医師たちも口が出せない。その総婦長を通じて靖子は、祐美たち奨学生の行動や気質などについて詳細な報告を受けていたようだ。

　准看学校の二年はアッという間にすぎて、そろそろ卒業というある夜、仕事を終えて寮に帰った祐美は、「理事長室に来るように」という伝言を受けて驚いた。一介の看護実習生を、光心会のトップにいる坊城靖子が呼ぶというのは異例のことだ。

理事長室はときわ総合病院の新館の最上階——七階にある。五階までは一般病室だが六階は要人や名士のための豪華な特別病棟で、六階と七階への専用エレベーターはまったく別の場所にある。そこは警備員が常時いて、関係のない人間——たとえ医師や看護婦でも——は入れない。

警備員は祐美の名を訊き、リストと照合し、許可証を兼ねたバッジを寄越した。特別病棟、または理事長室にいる間はそれを胸につけて、出る時には必ず返却しなければならない。祐美は聞きしにまさる厳重な警備体制に驚いてしまった。

さらに驚かされたのは、七階の理事長室だ。ふかふかの絨毯、華麗なシャンデリア、鏡がびっしり張られた壁面、名画や骨董品がずらりと置かれた応接スペース——まるで西洋の宮殿を思わせるようなインテリアなのだ。

坊城靖子は、ときわ市内を見下ろす広い窓を背に、大きな机に向かって仕事をしていた。いつもは男もののようにカッチリ仕立てたスーツを着ているのだが、その時はジャケットを脱ぎ、真珠色したシルクのブラウスにモスグリーンのタイトスカートという恰好だ。ストッキングはグレーでハイヒールは象牙色。ゆるやかなウェーブをかけた髪は、仕事中はヘアバンドできりっと束ねている。額を出しているせいで、その表情はたいそう理知的に見える。やや切れ長の目、スッと鼻筋のとおった端整な美貌は気品があって、映画スターのように華やかな雰囲気を漂わせている。

「来たわね。さあ、そこに掛けて」

豪華な応接セットのソファに座らせると、デスクの上のインタホンのボタンを押した。たぶん別室にいる秘書らしい声が応答すると、靖子はコーヒーを二つ持ってくるように命じた。

机の上のフォルダをとりあげて、まるで借りてきた猫のようにおどおどした表情で座っている十七歳の少女の正面の肘掛け椅子に座って、形のよい脚を組んだ。祐美は着替える暇もなかったので、まだ看護実習生の薄いブルーの制服のままだ。

「ふふ、メンタムちゃんとはよく付けたこと」

そう言って微笑した。よく見るとその目は笑っていないのだが。

メンタムちゃんとは、その頃、病院内で呼ばれていた祐美のあだ名だ。メンソレータムの蓋に描かれている看護婦姿の少女によく似た印象からきている。靖子がそういうあだ名まで知っているということに、祐美は驚かされた。同時に感激した。何しろときわ総合病院には千数百人のスタッフがいる。看護婦でさえ八百人以上が働いているのだ。

秘書が湯気のたつコーヒーを二つ、盆に載せて持ってきた。靖子は自分で砂糖とミルクを入れて祐美に手渡した。そのことも少女を感激させた。

コーヒーを啜りながら、靖子はこう言った。

「今日、来てもらったのは、他でもない、あなたの将来のことで相談したかったから。今度の知事試験に合格すればすぐに准看になれるわけだけど、どうせなら正看になりたいでしょう?」

准看はあくまでも正看護婦の補助的な存在だ。やることは同じだが、病院内での昇進、待遇などで差がつく。もちろん主任とか婦長にはなれない。

「光心会では今度、今の准看学校の成績優秀な子を、正看奨学生にすることになったの。奨学金をもらって市立看護短大へ通えるわけ。今のところあなたが成績トップなので文句なく正看奨学生になれるわ。ただし条件があるの。正看になった後、五年間、この病院で働いてくれること。どう?」

祐美は夢ではないかと思った。

もちろんナースを目指したからには正看になりたい。准看が正看の資格を得るには看護婦(正看)養成のための学校に二年ないし三年通う必要がある。だが祐美の場合、奨学生になった時の条件として、三年は准看として働かねばならない。学費や仕事のかねあいから無理だと思っていた。その道がいきなり開けたのだ。祐美は一も二もなく条件を呑み、誓約書にサインした。誓約書の中には『違約した場合、正看資格取得にかかった費用は全額返還すること』という項目があったが、そんなことは気にならなかった。

「さて、これであなたに、二十五歳までこの病院で働いてもらえるわけね」

満足そうに笑った熟女の理事長は、次に新しい指示を与えた。

「准看になってからは六階で働いてもらいますから、そのつもりで」

「えっ、特別病棟ですか？」

祐美はまたまた耳を疑ってしまった。

六階の特別病棟はこの病院の中でも隔離された部門だ。全部で十ある個室の料金は一日が五万円と言われている。利用するのはもっぱら資産家や名士の患者か、県知事など要人が人間ドックに入る時だ。光心会グループの総帥である光信や、息子の光政・光治兄弟もこの病院の人間ドックを利用する。

時には東京あたりから政治家や財界の人間などがやってきて、数日、時には数週間滞在してゆくこともある。誰が特別病棟に入っているか、祐美たち看護婦でさえ知らない。汚職疑惑で姿を隠していた政治家が、後になってこの特別病棟に滞在していたことが分かったことも、二度や三度ではない。地元選出の保守党代議士、光政の関係で彼らの緊急的な避難場所として利用されている——と囁かれている。

特別病棟の患者を担当するのは院長、副院長、各科の部長クラスの医師だ。看護婦も総婦長に指名された特別のチームが組まれている。その数は二十名ぐらい。みんな二十代前半の、スタイルのよい美人ばかりだ。そのことで一般病棟の看護婦たちは、陰で「爺さん相手のホステス」などと呼んでいる。自分が選ばれなかったことで嫉妬する気持ちがあるからだろう。

実際、特別病棟の看護婦は寮も違うし、勤務のシフトも違う。制服も、特別病棟のはあか抜けたデザインで裾も短かめ。一般病棟では許されない濃い化粧も香水も、内部では許される。特別病棟勤務を命じられる看護婦はみな総婦長の忠実な部下だから、内情はほとんど聞こえてこない。だから「爺さまたちの夜伽《よとぎ》をさせられているのよ」などという噂が聞こえてきたりもするのだ。ここの特別室にいた時に目に留まり、富豪や名士の妻や愛人になった看護婦も何人かいるという話だ。

祐美にとって、そんな特別病棟というのは自分とはまったく縁のない場所だと思っていただけに、靖子の言葉も最初のうちピンと来なかった。

「あの、どうして私が?」

祐美がおそるおそる問い返すと、靖子は優しい笑顔を作ってみせた。

「あなたは、これから長く、この病院で働いてくれるわけでしょう？　若手の看護婦は出入りが激しくて腰が落ち着かないから、実のところ、特別病棟の要員を確保するのに困っているの。私としては今からあなたを特別病棟の看護婦として訓練しておきたいのよ」

「…………」

気を呑まれてしまって、何も言えなくなってしまった祐美に、靖子は説明した。

「特別病棟は、その名のとおり、特別に大事な患者さんのための病棟でしょう？　だから、ふつうの患者さんの何倍もの神経を使って接してくれないと困るの。それができる看護婦が少ないのよ。今までの仕事ぶりから見てあなたなら絶対大丈夫だと思って、頼むことにしたのよ。心配することはないわ。仕事そのものは一般病棟の患者さんを相手にするのと同じことだから」

祐美はボーッとしてきた。「はい、分かりました」と言う自分の声が、まるで別人がしゃべっているかのように聞こえてくる。

特別病棟で勤務する心がまえのようなものを聞かされた後、祐美はようやく退出を許された。ホッとしたせいか、立ちあがる時にクラクラと眩暈《めまい》がした。

「あっ」

部屋がぐるぐる回り始めて、祐美は床に膝をついた。

「あらあら、どうしたの？」

靖子があわてて抱きかかえた時、祐美は完全に意識を失っていた。

——目を醒ました時、祐美はベッドに横たえられていた。

（えっ⁉ 私、どうしたのかしら？）

いつも寝ている、寮の硬いベッドではない。

ゆったりと広く、よくスプリングがきいた高級なマットレス。

ふんわりとかけられた薄い布団は羽毛のものだろう。シーツは非常に滑らかで肌ざわりがいい。何とサテンなのだ。恐らくシルク製の。

部屋全体は真っ暗だった。

（そういえば、私、理事長の部屋で……）

ようやく記憶が甦ってきた。靖子の目の前で倒れてしまったことを。最後に覚えているのは自分の体を支えてくれた靖子のつけていた香水の官能的な匂い。

なぜかその匂いが部屋全体に漂っている。

（こうしちゃいられない！）

寮には門限がある。シフトについていない実習生が勝手に寮を出てはいけないのだ。

祐美はガバっと体を起こした。その途端に頭がクラクラして、バタリとまた横になってしまった。頭がズキズキ痛む。

「気がついたのね？」

ふいに声がして、部屋が明るくなった。

「あっ？　あ、理事長？」

靖子がドアのところに立っていた。彼女が入ってきて照明のスイッチを入れたのだ。

「!?………」

周囲を見回し、十七歳の少女は呆気にとられた。

あの理事長のオフィスに劣らぬ豪華な調度、インテリアの寝室だった。そして三人はゆうに眠れる、四本の柱の上に天蓋《てんがい》がついた古風なベッド。まるで王女か王妃の寝室だ。

「ここは？」

「私のベッドルーム。理事長室の隣にあるの。あなたが倒れちゃったから、秘書と一緒にここに運びこんだの。大丈夫、寮の方にはちゃんと連絡してあるから……」

さっきとはうって変わった雰囲気の靖子だった。

着ているのは褪《さ》めたローズピンクのネグリジェ。生地はシルク。ノースリーブで、肩、二の腕、胸の谷間も露わだ。裾は長いがサイドに太腿の付け根まで見せるスリットが入っている妖艶なデザインだ。贅沢にレースをたっぷり使ったセクシィな寝衣は、不思議と靖子によく似合った。髪は左右の肩にハラリとかかっている。

男仕立てのスーツに身を固め、髪をきりっと束ねているいつもの靖子と、まるで違った印象である。爛熟した女の色気がムンムンしている。透ける寝衣を通して見える体の線は意外とふくよかで女っぽい。

「知らなかった？　私はここに寝泊まりしているのよ。七階の半分は私のプライベートスペースってわけ。あなたは疲れてたのね。明日の実習は休ませてあげるから、今夜はここでゆっくりしてゆきなさい」

「でも……」

起き上がろうとする少女の肩を、年上の女は制した。むきだしの肩。その時初めて、祐美はシーツにくるまれた自分の体が、下着一枚着けていない裸ということに気がついた。

「きゃっ」

びっくりして胸を押さえ、シーツにもぐりこんでしまった。

「恥ずかしがることはないのよ。こうやって私のベッドに入ることになったのも何かの縁ね。今夜は楽しい思いをさせてあげるわよ」

靖子は肩紐の結び目を解いた。ネグリジェは魔法のように床に落ちた。まばゆいほどの白い裸身が祐美の目に飛び込んできた。

靖子の体格は良い。地元のときわ聖美女学院時代は水泳部の選手だったという。その名残か肩のあたり、腿のあたりの筋肉は逞しいと言ってよいぐらいだ。しかし女らしさを損なっているわけではない。ウェストはよく引き締まり、腹部は平らだ。乳房は適度な碗型で、垂れ下がるというほどではない。乳首も乳暈《にゅううん》も薔薇色を呈している。秘毛は濃く、臍の近くまで縦長の菱形が下腹を覆っている。

（やっぱり！）

シーツを剝ぎとられてまる裸の姿を見られた時、祐美は彼女がレズビアンだという看護婦たちの噂のことを思い出した。でなければあれだけの才媛が、三十代半ば近くまで独身でいる理由が説明出来ないというのだ。その噂は正しかった。

靖子の唇が祐美のそれに押しつけられた。強く舌を吸われた。乳房を摑まれ柔らかく揉まれると、祐美の意志に反して、それはみるみるうちに固く膨らんでいった。今度はその乳首を吸われ、そっと嚙まれ、舌で転がすようにされた。

愛撫されているうちに祐美の体は柔らかくなり、若い肉は燃えるように熱くなっていった。

「おやおや。メンタムちゃんはまだヴァージンだったのね……」

彼女の秘毛の底の谷間に指を進めた年上の女は、祐美の震えを感知して嬉しそうに笑った。しかし秘核と前庭に接吻され舌で刺激されると、祐美はたちまち絶頂させられた。

「敏感な子だこと。これは鍛え甲斐があるわ」

靖子は言い、今度は自分にも同様の愛撫を要求した。祐美は喜んで従った。熟女の秘部に顔を近づけて驚いた。クリトリスが小指の先ほどにも勃起しているのだ。それを舐めしゃぶると、靖子は獣が吠えるようなよがり声をあげた。オルガスムスに達した時、太腿できつく顔を挟まれた祐美は、窒息するのではないかという恐怖に怯《おび》えたほどだ。

その夜、祐美は十七歳の処女を奪われた。

靖子は自分の腰にレズビアン用の張形を革のベルトで装着し、祐美の秘唇をこじ開け、それまで誰の侵略も受けていなかった秘花器官に無理やり押し入ったのだ。

最初、祐美は涙をこぼして泣き叫んだが、苦痛は一瞬だった。犯されながらクリトリスを刺激されるとすぐに甘美な快感が湧き起こってきた。やがて祐美は、自分よりひと回り以上年上の熟女の体の下で歓喜の声をはり上げていた――。

それからというもの、祐美は勤務が終わるとたびたび、七階の理事長室へと呼ばれた。そして徹底的なレズビアン・ラブのテクニックを教えこまれた。いや、レズビアンばかりではなく、男性を悦ばせるためのテクニックも。

後になって気がついたのだが、あの夜、理事長室で失神したのは、祐美の体調のせいではなかった。コーヒーに睡眠薬が入っていたのだ。面接した時から靖子は祐美の可憐なエロティシズムに注目し、自分のペットとして採用することにしたのだろう。

だんだん分かってきたが、靖子は祐美だけを抱くのではない。この病院の中の魅力的な看護婦に目をつけて誘惑し、自分の言いなりになると思ったら特別病棟のチームに組み入れてしまうのだ。
ほんの数回、靖子に抱かれただけで、祐美も完全に支配され、何でも言いなりになる女に
なってしまった。そんな祐美に、靖子はいろいろなことを命じた。
その一つが、同じ寮で暮らす奨学生たちの行動をスパイすることだった。
彼らのボーイフレンド、処女かそうでないか、プライベートな時間は何をしているか、思
想や信条など……。特に、レズビアンの素質があるかないか、祐美は自分の肉体を実験台と
して彼女たちを試すように命じられた。その目的を靖子は「特別病棟勤務に向いているかど
うか知りたいから」と告げた。
祐美は靖子の気にいられたいばかりに、何の疑いも抱かず任務に熱中した。
夏木梨紗《なつきりさ》という奨学生が祐美の誘いにのってきた。祐美は二人きりでいる時、強引に梨紗
のベッドに入りこみ、靖子に教えこまれたテクニックを駆使して彼女を悦ばせてやった。梨
紗は処女ではなかったから、祐美の指を二本、根元まで受け入れると歓喜の声をはり上げた。
「ああ、いいわ、祐美。もっと、もっと！」
翌日、祐美は梨紗とのことを靖子に報告した。すぐに梨紗も理事長室へ呼ばれた。祐美に
したのと同じことが行なわれ、梨紗はその夜、靖子のベッドで何度も失神させられた。

靖子は、男とも女とも楽しむことの出来るタイプだ。体験の少ないナースを誘惑してレズビアン・ラブの快楽を教えこみ、自分に忠誠を誓わせてから特別病棟に送りこむのが彼女のやり方だったに違いない。

祐美と梨紗が知事試験に合格して准看の資格を得ると、すぐに二人は特別病棟で働くようになった。

第十章　特別病棟勤務

特別病棟の内容は、表面的には他の病棟と同じである。ただ個室が広く、非常に豪華だというだけだ。本当の病人も何人か入院していて、その看護はふつうの患者と同じである。ただし扱いは丁寧に、患者はもちろん、付添い、見舞いの人間の気分を害するようなことをしてはいけない、と厳重に注意されている。

と同時にほとんど健康に問題がない患者も常時、三、四人入院している。時には病人の数よりこっちの方が多いこともある。たいていは健康診断を受けにやってきた光心会グループやそれと付き合いのある企業の幹部たちで、県庁、国の出先機関の高官などの名を見ることもあった。

最初のうち、祐美や梨紗は一般患者の介護、それも雑用のみを担当させられていた。少したってから、他の先輩看護婦たちの話を盗み聞きして、病院内で囁かれていた「夜伽」の噂が本当だと確信するようになった。

県知事である光信の甥が健康診断を受けに入院したことだ。ドックは二日で終わったのだが、三日目、彼は昼間は県庁で執務し、夕刻再び入院し、結局、三泊していった。その間、看護婦チームの中でもとりわけ美人の二人がつきっきりになり、他の看護婦は部屋を覗くことも許されなかった。

知事が退院していった日のこと、スタッフ用のトイレで個室にいた祐美は、洗面所にいる先輩看護婦二人の会話を聞いてしまった。一人は知事についた看護婦だ。もう一人が言った。

「ご苦労さまね、知事につきっきりで……おスペ、どうだった？」

「きつかったわ。最後の晩は調教ルームだったから」

「ビシビシ？」

「そうよお。自分の健康に異常がないって分かったら突然元気になっちゃって、恵理子《えりこ》さんと私と二人、朝まで責められちゃった。見て、ここ……」

「わ、すごい跡」

「でしょ？　当分とれないわ。困っちゃう」

「たっぷりお手当もらったんでしょ？　それぐらいいいじゃないの」

「そういうユカリだって、今夜から北斗テレビの社長につくんでしょ」

「うん。あのひひ爺、浣腸マニアなのよね。自分もされたがるし私たちにもやりたがるし……大変なのよ。出るものがなくなると、今度は下からマッシュポテトとか人工便にして詰めこんでくるし……男って立つものが立たないと、どんどん変態になってゆくみたい。いやねえ」

祐美は息を呑んだ。そうではないかと思っていたのだが、実際はもっと過激なことが行なわれていたのだ。

その晩、寮に帰った祐美が自分の知った事実を梨紗に告げると、ルームメイトはあまり驚かなかった。彼女も薄々、そのことを知っていたらしい。

「おスペってスペシャル・ケア——特別看護の意味みたいね。婦長さんが時々、誰かにその言葉を言ってるのを聞いたもの。『今夜は誰々さんのスペシャル・ケアをお願いね』なんて。たぶんセックスを含めたサービスのことだと思う。だってドックで来る患者さんなんか元気な人が多いじゃない？　検査が終われば夜は暇だし……それに、何か理由があって何日か姿を隠してるみたいな人も来てるでしょ？　第一、えらい人には専任の看護婦がつくなんて絶対おかしいもの。アレ、間違いなく指名よ」

「ということは、患者さんは好みのナースを指名して、その人とセックスを楽しめるってわけ？」

「それも単なるセックスじゃないと思う。そんなことだったら、どこでも楽しめるでしょう？　ＳＭプレイとか浣腸プレイとか、もっとヘビーなことよ。病院だったら、そういうの、わりと安全に出来るから。この特別病棟って、入院している本当の患者は隠れ蓑《みの》で、何か変わったセックスを楽しみたいという人のためにあるんだと思う」

「ということは、特別病棟の看護婦は売春婦じゃないの⁉」

祐美が叫ぶと、梨紗はケロリとして言った。

「かまわないんじゃない？　私、理事長にスペシャル・ケアをやれって頼まれたらオーケイしちゃうよ。だってお金になりそうでしょ？　相手はみんなお金持ちのおじさん、お爺さんばっかだもん」

梨紗の家は小さな洋品店をやっているのだが、経済的に困窮していて、そのせいか彼女は金に対する執着心が強いのだ。靖子は彼女のそういう性格を見抜いて特別病棟チームに組み込んだのだろう。

二日後、夜勤を終えた梨紗は得意気な顔で祐美に打ち明けた。

「ねえねえ祐美、私、とうとうスペシャル・ケアをやらされちゃった。調教ルームにも連れてゆかれたし……」

彼女は昨夜、夜勤についてすぐ、先輩の石原春香《いしはらはるか》という看護婦に呼ばれた。

春香は東京からやってきた患者――名前は分からないがたぶん高級官僚らしい――の担当だが、その個室まで来て、手伝ってほしいというのだ。特別病棟のナースステーションには婦長の他、二人の正看が詰めていたが、彼女たちは新米の梨紗が不思議そうな顔をして立ち上がるのを見て、くすくす笑って励ました。

「ようやくおスペかな？　頑張ってね」

個室に入った梨紗はびっくりしてしまった。ベッドに仰臥する初老の男性は、全裸で両手両足を弾力包帯でくくられ、ベッドに大の字に拘束されていたからだ。その男性器官は萎えている。さらに驚いたことに、部屋には靖子もいて、彼女はスーツ姿でベッドの傍に立っていた。梨紗を見ると言った。

「梨紗ちゃん、この患者さんはちょっと変わった欲望があって、それを満たされないと仕事が手につかなくなるの。時々、私たちのところにその治療――スペシャル・ケア――を受けに来るんだけど、今日はちょっとまずいことになったの。悪いけど手伝ってあげて」

「はい、いいですけど……」

「じゃ、パンティを脱いで患者さんの顔に跨がってくれる？」

梨紗はびっくりして、冗談を言っているのではないかと靖子の顔を窺った。靖子の顔は平静そのものだ。

「言ったでしょう？　この患者は変わった欲望があるんだって」

促されて、梨紗はようやく理解した。

（そうか、この患者はマゾヒストなんだ！）

あとで聞いたところでは、いつもは春香が顔面騎乗をしてやっていたのだ。ところがスペシャル・ケアが始まったとたん、彼女が突然生理になってしまった。怒った患者が靖子を呼びつけた。靖子が「今夜は、代わりのナースで我慢して下さい」と言うと、彼は昼間ナースステーションにいた梨紗に目を留めていたらしく「あの若い娘がいい」と要求した。つまり、梨紗はピンチヒッターだった。

「……分かりました」

梨紗は活発で行動的な娘だ。すぐに事情を察知すると躊躇わずに命令に従った。十七歳の少女が下着をとって顔の上に跨がり、臀部をおろしてくると、その患者は狂喜の表情を浮かべ、情熱的に秘部から肛門にいたるまでを舐め、愛液を啜った。果ては尿を呑ませるように要求した。

彼の萎えていた器官は、梨紗が彼の顔面に騎乗して勢いよく跳ねてやるとたちまち怒張した。春香がそれをしごき立て、やがて口に含んだ。患者は彼女の口の中に噴き上げて果てた。

靖子は満足そうな顔をして眺めていた。靖子は梨紗がスペシャル・ケアについて大体の知識を持っていると判断して、今夜呼んだに違いない。

梨紗が個室に付属したバスルームで秘部を洗って出てくると、春香は患者の後始末をしていた。患者はもう拘束を解かれ、ぐったりとして目を閉じていた。満足したのだろう。

「ご苦労さま。悪いけど、もう少し付き合ってね。あなたに知っておいてほしいことがあるから……」

靖子に命令されて、春香と一緒に廊下の一番奥、今まで梨紗が倉庫か何かだと思っていた鉄の扉のついた部屋に連れてゆかれた。春香は俯いて、なぜかひどく脅えている。

その部屋に入ると内側にもう一つ扉があった。それは劇場のドアのように分厚い、防音のドアだった。

内部は広く、ガランとしていた。窓はなく、壁はコンクリートが剝き出しで、天井には吸音ボード、床は白タイル。何か地下の霊安室を思わせる殺風景さだ。

高い天井にはレールを思わせる鉄製の梁が縦横に走っていて、中央の部分に長さ二メートルほどの鉄パイプが二本の鎖で水平に吊られていた。その高さは梨紗が背伸びしてようやく手が届く高さだ。

（まるでサーカスの空中ぶらんこみたい）

それが梨紗の抱いた印象だった。ぶらんこと違って、両端に何か黒いものがぶら下がっているが。

ドアをしっかり閉め、内側から頑丈なロックのレバーを操作すると、三十代半ばの女は自分より十歳は若い看護婦の春香に冷やかな口調で命じた。

「さあ、お仕置よ。白衣を脱いで」

目を丸くしている梨紗の前で、ビクッと体を震わせた春香は、あきらめたように素直に白衣を脱いだ。

看護婦の白衣は薄いので、時に下着が透けて見える。ふだん看護婦はスリップを着用するように指示されているが、特別病棟では逆に禁じられていた。だから春香も下は白いブラと白いナイロンのハイソックスだけだった。パンティは穿いていない。白い紐が黒い繁みの底に見えた。生理になって下着が汚れたのだろう。あわててタンポンを挿入したのだ。

春香はブラも取った。ふくよかな白い裸体だ。彼女はチームの中で一番グラマラスな肉体の持ち主だ。マゾヒストなら誰でも、その豊臀に敷かれて呻吟《しんぎん》したいと思うに違いない。梨紗もどちらかというと春香タイプなのだ。靖子はブラとパンティだけになった若いナースを叱責した。

「あの患者さんが来るということは前もって教えておいたのに、よりにもよって当日に生理になるなんて。看護婦ならそれぐらいの調整は出来るでしょうに。まったく怠慢だわ」

「すみません。ついピルを呑み忘れてしまって……」

　梨紗はすぐ理解した。避妊のためのピルは、同時に生理の時期をコントロールできる。春香は服用を忘れてコントロールに失敗したのだ。

「言い訳無用。この梨紗ちゃんのおかげで失敗はカバーできたけど、でなかったら私がおじさまから大変なお叱りを受けるところよ。二度と失敗しないように、今日はよーく体に教え込んであげるわ」

　それから呆然として眺めている梨紗に命令した。

「よく見ているのよ。あなたも特別病棟チームの一員になったんだから、自分の使命を忘れたらどんなことになるのか……」

　靖子は壁についているパネルのボタンを押した。ウィーンと音がして頭上の鉄棒が下がってきた。鎖は天井の鋼鉄の梁に取り付けられた電動ウィンチから繰り出されている。

（これは、本格的なSMプレイのための部屋なんだ……）

　梨紗はそう思った。よく見ると壁には鞭、ロープ、手錠、革の拘束衣など、何やらおぞましい用具や器具がぶら下がっている。

　鉄棒の端にぶら下がっていたのは革の手錠だった。春香の顔のところまで、それを下げた靖子は、手早く春香の両手首をそれぞれ革手錠で拘束してしまった。

ふたたび鉄棒が上がってゆく。

「あー……」

春香が脅えた悲鳴をあげた。両手を大きく頭上に広げてバンザイをしたポーズの彼女はもう爪先で体重を支えるしかない。背筋がピンと伸びきっている。

「……………」

いつの間にかジャケットを脱いでシャツブラウスだけになった靖子は、壁にぶら下がっていた乗馬用の細い鞭を取り上げた。先端が箆《へら》状になっている。

彼女は猛烈な勢いで、その鞭を春香のまる出しの臀部にふり下ろした。

ビシッ、ビシッ、バシーン！

ぷりぷりした臀丘をうち叩く残酷な音が室内に反響した。

「あーっ、ひーっ、痛いっ。許してッ。許して下さい、理事長！」

釣られた鰹《かつお》のようにビンビンと激しく跳ね躍る春香の肢体。悲鳴と絶叫、そして号泣。白いなめらかな肌に二十本の鞭の跡が刻みこまれた。

最後は叫ぶ気力もなく、ただすすり泣いているだけの春香は、床に下ろされるとガックリと膝をついてしまった。

「さあ、これで身に滲みて分かったでしょう。特別病棟の看護婦の心得が……」

　春香を鉄棒から解放すると、ブルブル震えながら見ている梨紗に合図した。

「そこに浣腸液があるでしょう。持ってきて、このお姉さんにしてあげなさい」

「理事長、それは……」

　春香は狼狽した顔になった。その頬を軽くひっぱたく年上の美女。

「生理になった罰は、アヌスで償うのよ」

　全裸の看護婦は床に四つん這いになり、後輩の梨紗の手で百ccのグリセリン水溶液を肛門から注入された。美人理事長は何やら太い棒状のものを取り上げた。魚雷のような形をしたそれは、アヌスストッパーだった。後ろ手に手錠をかけて自由を奪われた春香は、その太い栓を肛門にぶちこまれた。構造上、糞便を排泄しようといきむとよけいに直腸壁を圧迫して抵抗するようになっている。

　やがて腸が蠕動し始めると、春香は苦悶し、泣きわめき哀願した。

「く、苦しい……痛い……出させて下さいッ！」

「何を言ってるの。あなたたちナースはそうやって毎日、患者を苦しめてるんでしょう？　たまには患者の苦しみを味わってみるのもいいものよ」

　冷やかに笑ってポケットから外国煙草を取り出してライターで火を点《っ》ける靖子。オロオロして見ているだけの梨紗。

春香は十分間苦しみ抜いた後で、ようやく部屋の隅に設置された便器に座ることを許された。梨紗が栓を抜いてやると、恐ろしい量の糞便が勢いよく排泄された。梨紗が先輩看護婦の排便の後を清拭しているうちに、靖子は服を脱いでいた。その姿を見て梨紗は息を呑んだ。

黒いブラジャーにパンティ、それにガーターベルトとストッキング、ハイヒールも黒。それだけを身に着けた背の高い美女は、右の手に手術用の薄いゴム手袋をはめた。局方オリーブ油を肘《ひじ》の近くまで塗布すると、梨紗に命じた。

「さあ、春香を床に押さえつけて」

産科の実習もやってきたから、梨紗は女性の膣が人間の握り拳をやすやすと受け入れるのを見てきた。しかし肛門となると別だ。

(あんなものをお尻に入れる気!? 裂けちゃう!)

真っ青になった梨紗だが、床に頭をつけ臀部をたかだかと持ち上げた春香が、自分のアヌスでやすやすとそれを受け入れたのを見て、もっと驚いた。

「こんなことで驚いたらダメよ。この子はアナル好きの患者さまから、もっと凄い訓練を受けているんだから……」

靖子はそう言いながら、冷酷な微笑を浮かべつつ春香の直腸に埋め込んだ拳をぐいぐいと動かす。秘部からタラタラと愛液が溢れてきた。タンポンも吸収できないほどの量が分泌されたのだ。靖子がもう一方の手でクリトリスをあらあらしく擦りたてると、

「ひーっ、ギャー！」

獣のような呻き声を放って春香は絶頂した。尿を洩らして。

失神した春香の体から拳を引き抜いた靖子は、梨紗を見据えて言った。

「こういったことは絶対、誰にも言っちゃダメよ。今晩のあなたのスペシャル・ケアの手当は一時間一万円になるんだから」

――梨紗の口から淫虐なスペシャル・ケアやお仕置のことを聞かされた祐美は、ぶるぶる震えてしまった。昂奮と恐怖と期待とで。

「理事長は秘密だって言ったんでしょ？　私に洩らしていいの？」

梨紗は笑った。

「あなただけには話していいのよ。どうせすぐ、祐美にもスペシャル・ケアをやらせるつもりだからって。つまり、私たちは今までが見習い期間で、これからが本当の特別病棟勤務ってことになるみたい」

梨紗の言葉は真実だった。翌日には二人は理事長室に呼ばれ、靖子の口から正式にそのことを伝えられたのだ。

「あなたたち二人の勤務ぶりや性格をじっくり観察して、これなら大丈夫という結論に達しました。今日からあなたたち二人ともスペシャル・ケアをやってもらいます」

靖子はスペシャル・ケアの実態を説明した。

「私たち光心会グループはいつもいろいろな重要な人たちとお付き合いしているでしょ？たとえば県や国の役人、代議士、有力企業の社長さん……そういった方たちの健康管理も私たちがお引き受けしているわけ。あなたたちも知っていると思うけど、この特別病棟はそういった方たちの人間ドック入院にも使われています。これは光心会グループ全体の活動を滑らかにするための奉仕活動と思っていいでしょう。ところで、健康管理といってもいろいろあるわね。体の健康なら優れた医者やナースが治したり維持したり出来る。でも、心はどうかしら？　いろんな世界のトップの人たちは日夜、ふつうの人とは比較にならない精神的な重圧を受けながら働いています。また、社会的に高い地位にいるために、やりたいことが出来ないで欲求不満に陥ることもあるでしょう。そういったストレス、欲求不満というのは取り除かないと肉体の健康まで蝕《むしば》まれてしまう。特に高い地位の人たちの健康がそうなると、影響は大きいんです。たとえば今の知事さんが倒れて、全然別の人がなったとする。すると光心会グループは新しく知事になった人と一から信頼関係を築いてゆかなきゃならない。これは大変な労力の無駄です。ですから私たちは、私たちによくしてくれる有力な方々に奉仕して、心も体も健康にしていただくために、スペシャル・ケアという一種の治療を行なっているわけなの。分かった？」

——つまり、そういった人間たちの倒錯した欲望を満たしてやることが、結果的に自分たちのためになるのだと靖子は強調したのだ。さらに若い娘たちの直接的な欲望にも訴えることを忘れない。

「もちろん、ふつうの患者さんを扱うのよりもっと大変なことですから、担当してもらったナースにはそれなりの手当がつきます。AからCまでのクラス分けがあって、難しさによって一時間一万円から三万円までの手当をあげます。それと、あなたたちに安心して仕事をしてもらうためにも、個人的な問題をこちらで面倒見てあげます。梨紗ちゃんはお父さんの仕事がうまくいってないんでしょう？　私が保証人になって融資がおりるようにしてあげます。お客さまも紹介します。祐美ちゃんの場合はお母さんが植物状態で大変なんでしょう？　その面倒はうちの病院で見ます。費用も全部ね。こういう条件で、特別病棟で働くことの秘密を絶対守ってもらえるかしら？」

イエスと言えば経済的にも潤うし、家族も援助できる。二人の娘は一も二もなく新しい誓約書にサインした。祐美の場合、植物状態になった母親のことがずっと負担になっていただけに、靖子の申し出はまるで女神の言葉のように聞こえた。

「じゃ、今夜からさっそく二人に特別のスペシャル・ケアをしてもらうわ」

にんまり笑った靖子は、彼女たちに夜八時、特別病棟の六〇四号室に来るよう命じた。

――六〇四というのは、このデラックスな病棟の中でも一番広く、豪華な個室だ。リビングルームとベッドルームに分かれていて、ホテルの賓客用スイートルームといった感じだ。リビングルームだけで二十人ぐらいのパーティが出来る。実際、時々淫靡なパーティが開かれているようだ。

夕刻、病棟のナースステーションに緊張が走った。靖子から光心会グループのナンバー二、光信の長男で地元選出代議士の光政がやってくると伝えられた。光政は靖子の伯父だ。

午後七時、光政は総婦長以下、特別病棟の看護婦が整列している前を、まるで閲兵《えっぺい》するかのようにのしのしと歩いて六〇四号室に入った。祐美と梨紗は顔を見合わせた。これで今夜、誰のスペシャル・ケアをやらされるか分かったわけだ。梨紗は顔を輝かせた。

「すごいじゃない⁉　代議士のお相手なんて。今夜はがんばるぞー」

梨紗は自分が目をつけられて愛人に選ばれる――というような空想を抱いたようだ。

祐美は体が震えた。不安からだ。彼女は靖子に抱かれて処女を奪われたが、男性経験はまったくない。靖子以外は梨紗とレズビアン・セックスを楽しんでいるだけなのだ。

（大丈夫かしら、あんな人を悦ばせることが出来るかしら？）

看護という仕事を通じて、男性の裸体はもちろん、性器も老人から子供のまで見たり触ったりしてきた。しかし、その器官を自分の体に受け入れたことがない。たぶん今晩が初めての体験になるだろう。祐美はパンティの底がじっとり熱く湿ってくるのを自覚し頬を赤らめた。

（いやだ。私っていつからこんなに淫らな子になったのかしら？）

それは靖子のせいだ。この年長の女は、祐美を抱くたびに、ビデオや本を見せていろいろな知識を与えたからだ。だから、どうすれば男が喜ぶか、そのテクニックだけは叩きこまれている。

言われたとおりの時間に、祐美と梨紗は六〇四号室を訪ねた。

坊城光政は肘掛け椅子に座って食前酒を啜っていた。リビングルームのテーブルには豪華な晩餐の皿やシャンパン。この市の一流のレストランから運ばれたものだ。白衣姿の二人は靖子に導かれて光政の前に立った。

「伯父さま。この子たちが、新しくスペシャル・ケアをやることになったナースです。こちらが梨紗、こちらが祐美。さ、ご挨拶なさい」

二人は深々とお辞儀をした。

「ほう、なかなか可愛い子じゃないか」

シャワーを浴びたらしくバスローブを着ている光政は満悦だ。年齢は五十五ぐらい。オールバックの額はだいぶ禿《は》げあがって、丸い顔はテラテラと脂ぎっている。中背だが恰幅はいい。如才ない態度で顔も一見温和そうだが、強い意志と権力欲の持ち主だということは、顎のあたりが獣のようにがっちりと筋肉がついていることでわかる。眼光は鋭く、白衣の上から祐美は自分の肉体を透かし見られるような気がして戦慄さえ覚えた。

「あなたたちのお役目はウェイトレスよ。食事の間、失礼のないようにサービスしてちょうだいね。服はそれでいいわ」

靖子に指示されて、白衣の上からエプロンをつけた二人の若いナースは、うやうやしい態度で食事のサービスをした。最初は梨紗が光政に、祐美が靖子についたが、途中で交替した。

靖子は高価そうな黒いイブニング・ドレスで、最高に艶《あで》やかだった。

何やら国会での自分の活躍ぶりを姪《めい》に自慢そうにしゃべりながら、光政はサービスしている梨紗や祐美の尻、胸を無遠慮に触ったり揉んだりした。靖子はそのことを咎めるどころか、楽しそうに見ている。特に祐美の困惑ぶりを。

晩餐が終わると、全員はベッドルームに入った。

広いベッドルームには、三人がたっぷり寝られるほどの大きなベッドが置かれていた。四隅には金属の柱がついている。靖子の部屋のもそうだが、それはベッドに生贄《いけにえ》を縛りつけるのに都合がいい。

光政と靖子はベッドに上がった。ヘッドボードに凭《もた》れかかった伯父に寄り添うように横座りになる姪。彼女の手は伯父のバスローブの内側へと潜りこんでゆく。祐美は自分の目が信じられなかった。

(理事長は自分の伯父さんと？)

靖子は薄笑いを浮かべながら、エプロンを外した二人の看護婦をベッドサイドに立たせて命令した。

「伯父さまはあなたたちの体がどれぐらい発育しているか見たいとおっしゃるの。ここで服を脱いで、すべてを見ていただきなさい。制帽だけはかぶっていていいわ」

梨紗と祐美は顔を見合わせたが、最初に積極的になったのは梨紗だ。祐美が困惑しているのを横目にさっさと白衣を脱ぎ、ブラもパンティも脱いで制帽以外は真っ裸になった。祐美も覚悟して裸になった。梨紗は平気で手を横に垂らしているが、祐美は手で胸と秘部を隠してしまう。

「ふむ、対照的だな。ふっくらタイプとすんなりタイプか。しかし胸は祐美の方が大きくて、ヒップは梨紗の方が大きい。ふむ、こっちは毛が薄くて、こっちは濃い……それじゃ、後ろを向きなさい」

精力的な政治家は、自分の孫娘に匹敵する年齢の美少女二人の臀部を眺めて、涎をたらさんばかりの陶酔した顔になった。

「うーむ、こっちはこりこり、こっちはムチムチ、どっちも甲乙つけ難いいいケツをしている。叩き甲斐《がい》があるとすればこっちかな」

最初に梨紗が呼ばれた。その時点で二人の看護婦は、この代議士の趣味を察していた。

（スパンキングよ……）

（うん）

目と目で交信した。スパンキングは靖子の趣味でもあったから、二人ともそんなに驚かない。梨紗は従順にベッドに上がって四つん這いの姿勢をとった。その首を靖子が押さえる。

まるまるした梨紗の臀部に、光政は二十発の平手打ちを浴びせた。

次に祐美も同じ姿勢で二十発を浴びた。彼女の方が梨紗より鋭い悲鳴をあげ、涙で頬をグショグショにした。二人の可愛い看護婦を叩きのめしているうちに、光政は激しく昂奮してきた。バスローブを脱いで真っ裸になった。その男根は水平ぐらいになっている。

ベッドに仰臥した中年男の腰の両側に這った娘たちは、靖子の指示を受けながら、それぞれ唇と舌での奉仕を開始した。祐美は生まれて初めてのフェラチオだったが、先に梨紗がやるのを見て、必死になって自分もそれを真似た。

「ふむ、下手くそだな。特にこっちの……祐美か。訓練が足りない」

すでにドレスを脱ぎ、今日は真っ赤なブラとパンティ、ガーターベルトに黒いストッキングというランジェリー姿の靖子の体をまさぐっている光政はそう言い、ことさら祐美に執拗な口舌奉仕を迫った。祐美が睾丸から肛門まで舌を這わせられている間、梨紗は男に舌を吸われていた。

「よし、それじゃ味見をするか」

二人の少女の奉仕でギンギンに勃起すると、光政は起き上がった。彼女たちは並んで四つん這いにさせられた。靖子が言う。

「二人ともピルを呑ませています。中に出しても大丈夫です」

「よしよし。うーむ、どっちも綺麗なピンク色をしているな。こちらが淫乱そうだな。こんなに涎をたらして……」

そう言われたのは祐美の方だ。彼女は卑猥な言葉を浴びせられたり、手荒く扱われて激しく昂奮し始めたのだ。その分、マゾヒスティックな資質があるということだろう。靖子はそこを見込んだに違いない。

最初に祐美が貫かれた。初めての男根だったが、靖子のディルドオで何度も抉られていた膣は、やすやすとそれを受け入れた。

しばらく抽送して、祐美がひいひいと泣き声をあげだすと、光政は抜去し、今度は梨紗を犯しはじめた。

二人の美少女の膣を交互に楽しむという悦楽をたっぷり楽しんだ後、男は祐美の膣奥に噴き上げて果てた。

その瞬間、祐美は訳の分からない声を張り上げて悶絶し、しばらく意識がなくなった。

「驚いたな、この娘。感度がいい。これで男が初めてだというのか」

最初は信じなかったほどだ。梨紗は祐美が精液を受けたということで悔しそうな顔をしている。靖子は笑って命じた。

「ほら、あなたの舌で汚れを清めてさしあげなさい。また元気をとり戻したら、今度はあなたの中に出させてあげるから」

梨紗は必死になって奉仕し、言われるままにみんなの前でオナニーの演技もやってのけた。

光政はふたたび勃起し、今度は二人を仰向けに並べて交互に組み敷いて犯した。

約束どおり梨紗の中で果てたが、その前に祐美はまたもや失神してしまった。

「ここまで膣感覚が豊かだとは、私も思わなかった。男性のペニスがすっかり気にいったようね」

靖子は哄笑《こうしょう》した。

自分たちが務めを果たして部屋を出てから、光政と靖子がどのような行為に耽《ふけ》ったか、祐美は知らない。

第十一章　スペシャル・ケア

（これは驚いた。ときわ総合病院には、そんな秘密の病室があったのか……）

福川隆介は唸った。血が滾《たぎ》る思いがした。目の前にいる、まだセーラー服がよく似合いそうな可憐な印象の少女が、彼の仇敵《きゅうてき》——F県に君臨する坊城光信とその一族を叩き潰せる鍵を握っているかもしれない。

「それから、どうしたの？」

令子が促した。告白しているうちにラクになってきた祐美は、特別病棟勤務になってからほぼ一年のことを、わりと淡々とした口調で打ち明けてゆく。

代議士の坊城光政に初めて男の肉体というものを教えられた祐美は、以来、多くの男たちに、スペシャル・ケアという名目で肉体を提供させられた。

スペシャル・ケアは週に三回、多い時は五回もあった。ほぼ一年間で二百回近く男たちの相手をしたことになる。繰り返し指名されたりしたから、男性の数からすれば百人ぐらいだろうか。

たいていが五十代、六十代、時には七十代という、精力的には盛りを過ぎた男たちである。それだけに単純な性行為は誰も求めていない。

誰もが独自の性的妄想でいかにして自分の妄想を実現させ、萎えた器官を奮い立たせるかに躍起になる。

祐美の場合、その少女っぽい外見から、ロリコンや、女子高生、セーラー服趣味の強い男たちに好んで指名された。

光信の甥で県知事の坊城光之がそうだった。

六十歳の彼は、自分の娘が着ていたナフタリンの匂いのするセーラー服、ブルマ、スクール水着、下着や寝衣を着せてはべらせ、「パパ」と呼ばせて悦にいった。もちろん、自分の娘には果たせなかった妄想を祐美にぶつけて、たっぷり満足することは言うまでもない。

北斗新聞の社長は3Pプレイの愛好家だった。自分の愛人を連れてきて、祐美とレズプレイをさせる。昂奮してくると女たちの肛門を犯すのだ。祐美は一度、前を愛人のつけた張形、肛門を社長に抉り抜かれて失神を繰り返した。

ときわ大学の学長は女の尿を呑むのが趣味で、祐美はナースの白衣の下には何も着けずに彼の顔の上に跨がり、手で彼の男根をしごく。秘部を舐め回す学長が勃起してきて、合図をすると彼の口の中に放尿する。ガブガブと泡立つ尿を呑みほしながら、二つの博士号を持つ人物は射精する。

北斗テレビの会長は浣腸マニアだった。看護婦はいつも二人呼ばれ、交互に彼の浣腸を受け、見ている前で排泄させられる。腸の中が空っぽになるとバナナやじゃがいもを潰したものをポンプで押し込み、それを自分の口の中に排泄させるのだ。その後で自分も浣腸され、看護婦たちに罵《ののし》られながら排泄し、同時に射精してしまう。

時折、東京から講演にやってきて、北斗新聞に対談記事が載ったりする有名な若手作家は光心会グループのシンパなのだが、がっしりした体格、男らしい容貌に似合わず女装趣味があって、自分が看護婦の白衣を着、張形をつけた祐美に犯されると歓喜の声をあげてのたうち回った。

東京からやってくる男たちの中には、見るからにヤクザめいた連中もいた。いつも二人組でやってくるのがいて、一人は背中一面に吉祥天の刺青を入れた痩せた四十代、もう一人はがっちりした肉体に見るからに凶悪そうな顔をした三十代。年上がサブ、年下はテツという名で呼びあっていた。靖子はこの男たちに対しても丁重で、彼らの要求は何でも受け入れた。時には靖子の父親、光治と一緒に来たこともある。

その時はスペシャル・ケアを後回しにして四人で個室にこもって長い時間を過ごすのが常だ。その後で指名された看護婦が行く。彼らは特に倒錯した趣味の持ち主ではない。二人がかりで交互に犯し続け、女を失神させて喜ぶだけである。

辞める少し前、東京から来た四十代半ばの男は不思議なことをした。ふつう男たちは、すぐに抱きついてきたり、服を脱げと命令したりするのだが、年のわりに白髪が多く、額の秀でたその男は、祐美を椅子に腰かけさせて、しばらく雑談をするのだ。

「ぼくはね、いろんな人の身の上相談をやっている、まあ、コンサルタントみたいな商売だよ」

自分のことをそう説明したが、確かに話を聞くのがうまい。いつの間にかオナニーの回数、やり方、その時考えることなど、あまり羞恥も感じないでしゃべっている自分に気がついて、祐美はびっくりしたものだ。

そのうち、ある瞬間から祐美の記憶が途切れるのだ。気がつくとベッドの中で真っ裸で男に抱かれている。男が彼女の肉体で満足したことは、見せてくれたコンドームの中に精液があることで分かるのだが、自分がどのようにして彼に奉仕したのか、その記憶がないのだ。

「いやあ、きみの反応はすごかった。感じる子だね」

男はそう言ってほめてくれる。祐美にしてみれば狐につままれたような気持ちだ。祐美が彼に抱かれたのは一回きりだが、彼はわりと頻繁にやってきて、何人かの看護婦のスペシャル・ケアを楽しんでいった。たいして重要人物ではないようだが、靖子の彼に対する態度は丁重なものである。

靖子の父、光心会グループのナンバー二で、ふつうは代表と呼ばれる坊城光治も、娘の靖子の前で祐美を抱いた。彼は文句なしのサディストだった。靖子はそんな父親の血をひいたのだろう。女が苦しみ悶え、泣き叫ぶのを見ると昂奮するのだ。

光治は五十三歳。兄とはうって変わって、痩身で筋肉質である。兄よりも禿げていて、目はギョロリと大きく、顎《あご》はいかつい。その歯は動物の牙を思わせるようなところがある。全体に無口だが、常に苛立ったような態度で、ひどく神経質な性格らしい。

彼は好んで調教ルームを使う。実際のところ、調教ルームは父親の趣味を満足させるために靖子が作ったのだ。

光治に指名された看護婦は、たいてい青ざめる。それは夜を徹しての拷問プレイを意味するからだ。そのかわり一週間は働かなくてもいい。現実に、二、三日は動けなくて、傷跡が消えるのに一週間はかかるからだ。それでもAクラスの上の手当がつくので、お金が欲しい梨紗などは進んで志願したものだ。

祐美も一度、調教ルームで彼の相手を務めたことがある。

彼は最初からブリーフ一枚で椅子にふんぞり返っていた。娘の靖子はいつもの黒いランジェリー姿で、網のストッキングに編み上げのブーツという、SMプレイの女王様という恰好である。

祐美はパンティ一枚の裸になるよう命じられ、光治の前に膝立ちの姿勢をとらされた。股はやや開き、両手を頭の後ろで組む。そうすると十七歳の娘の豊かで張りのある乳房が二つの砲弾のように前方へと突き出す。

「ほう、全然垂れてないじゃないか。さすが若さだな」

ひどく淫靡な、不気味な笑い方をする。牙のような歯が剝き出しになるのだ。それから猿《えん》臂《ぴ》を伸ばし、ゴムまりのように弾力に富んだ柔肉の球体をぐいぐい揉む。

「あーっ、うーッ！」

顔を顰《しか》めて苦悶する少女は、後ろで組んだ手を離すことは許されない。しっかりと靖子が押さえつけているからだ。

乳房は祐美の最大のウィークポイントで、靖子はそのことを父親に告げてあったようだ。うひひと不気味に笑いながら、両手で十七歳の少女の乳房を押しつぶし、ひねりあげ、握り潰す。

涙を流しながら苦悶する祐美の姿を楽しむ中年男の欲望器官は、薄いシルクのブリーフをぐいぐい盛り上げ、先端から溢れてくる透明な液がシミを作る。

「はは、どうだ。感じてるな。苦しいのなら、どうしてこんなに乳首が勃起するんだ？」

からかいながら、さんざんに祐美を苦しめ泣かせてから、ようやく手を離す。

「パンティを脱げ」

ふんぞりかえっている光治の目の前で、ぐすぐす泣きながら祐美はパンティを脱ぐ。それはクロッチの部分がぐっしょりと濡れている。尿ではない。乳房を責められているうちに愛液が溢れてしまったのだ。

「靖子の言うとおりだな。なかなかいいマゾの資質を持っている」

またいやらしく笑って見せる光治は、靖子に命じて祐美を吊らせる。

天井の梁からチェーンに吊られた、空中ぶらんこを思わせる鉄棒が下がってきて、その両端の革手錠が祐美の華奢な手首にがっちり嵌められる。

ウィーンというモーター音と共に上昇する鉄棒。祐美はバンザイをした恰好で宙に吊りあげられ「ひーっ、助けて！」と悲鳴をあげてしまう。

ようやく爪先が届くぐらいの高さまで鉄棒を吊りあげておいてから、先端が房状に分かれた房鞭を手にした光治はのっそり立ち上がる。

すぐに鞭をふるうわけではない。狩りの獲物のようにぶら下げられた美しく可憐な裸身を、いやらしく撫で回す。乳房を摑んだり、太腿を揉んだり、料理人が買い求めた肉塊を検分するようにねちねちと細部を調べるのだ。その間に祐美の秘唇からは幼児の涎のように薄白い液が溢れ、内腿を伝い落ちる。男を誘ってやまない、甘く酸っぱい匂いが立ち込める。

光治の指はひとしきり祐美の秘唇を嬲り、性愛器官の中へ潜りこみ中を掻き回すようにして、少女に快楽と苦痛と羞恥と屈辱の呻き声を放たせる。

そうやって軽くオルガスムスに達したところで、真正面から鞭を叩きつけるのだ。

ビシーッ！　バシーン！

「ぎゃーッ！　ああ、おー！」

「むー、ひいっ！　助けて、許してぇ！」

凄まじい鞭音と絶叫が交錯する。その間、靖子は自分の指でパンティの股間を撫で回しながら冷やかな笑みを浮かべつつ責める男、責められる娘を観察している。

しばらく鞭をふるった後は、再び淫靡な指の責めがあり、一度ならず祐美はオルガスムスに達してしまう。

「まったくスケベな娘だ！」

光治はまた鞭をふるう。今度は臀部だ。祐美が耐えきれずに尿を洩らしてしまうと、休憩のため自分は椅子に座り、娘の靖子にディルドオを使って少女を犯すように命令する。快楽と苦痛、屈辱と歓喜が休む間もなく襲ってくる。失神すると靖子が尿をかける。だんだん疲労が激しくなると、小型の注射器を内腿に突き刺した。

それを打たれると、途端に苦痛が消え、快感は倍加する。鞭で打たれる苦痛も快感に転じてしまうのだ。

「撲《なぐ》って、もっと……おお、もっと責めて下さい」

絶叫しながら、鞭で股間を叩きのめされると空中で跳ね躍りながら祐美はオルガスムスに達してしまう。

こういう責めが夜の白むまで続くのだ。もし光治が一人でそれをやったら、たぶん祐美は責め殺されていただろう。靖子が注意深く父親をコントロールするから、何時間もの責めを生き延びることが出来るのだ。

最後、祐美は後ろ手に縛られて、両方の足首を鉄棒へくくられ、開股の姿勢で宙に吊られる。逆さになった頭が自分の股間に達する高さまで祐美を吊りあげさせ、彼女の口の中に怒張しきった欲望器官をねじこむ。

そういう苛酷な姿勢での口舌奉仕を楽しんだ後、ようやく床に組み敷いて祐美を犯す。その行為はそれほど長くはない。呆気ないと言っていいぐらいだ。

のびてしまった祐美は床に転がされたまま放置されている。その傍で今度は靖子が父親の前に跪き、その汚れた器官を口で清める——。

「やっぱり、アンフェタミン——覚醒剤を用いているのね。責められる女の子がのびてしまわないように、自分の快楽を長びかせるために……ひどい親子だわ！」

令子が憤然とした顔になった。隆介は彼女がそんなに怒りを露わにした表情を見たことがない。医師としての倫理が許さないのだろう。

「代表——理事長のお父さんは月に一度ぐらいしか来ません。だからみんな勤まるんです。これが毎週のように来られたら、看護婦たちは使いものにならなくなります」

祐美が言った。

「しかし、あなたはそうやってマゾヒストとして調教された自分の境遇をけっこう楽しんでいたんじゃない？　でないと一年間も勤められないもの」

祐美は恥ずかしそうに頷いた。

「ええ。口で汚ないことを言われたり、恥ずかしい恰好をさせられたり、そういう目に遇うと考えただけで濡れてきちゃうんです。ですから、スペシャル・ケアのお仕事そのものは、そんなに辛くありませんでした。代表の時だけはさすがに参りましたが」

「ところで、今までの話の中に、坊城光信のことが出てこないね。まあ、八十近い老人だから性欲もないのだろうが、特別病棟には顔を出さないのかね？」

隆介は、どうしても知りたいことだった。F県を私物化しているこの人物は、ここ十年あまり外部に顔を出していない。

「いえ、会長は三カ月に一度ぐらい、健康診断のためにやってきます。矍鑠としてすごく元気なお爺さんですよ。髭を生やして、サンタクロースみたいに見えるけれど、周囲にはすごく厳しくて、子供たちはいつもびくびくしています。ただ、セックスの方はおだやかです。私も二回ほどスペシャル・ケアのお相手をしましたが、ただあそこを舐めるだけなんです……」

老人は若い娘の愛液が不老長寿の薬と信じているかのように、仰臥させた祐美の全身に歯のない唇を押しあてて舐め回し、祐美が秘唇を濡らすと、今度は股間に顔を伏せて、何時間も飽きることなく愛液を啜り呑むのだという。

「最後は私もくわえてあげるんですけど、少し固くなるだけで、射精もしません」

「そうだろうな。したら化け物だ」

隆介は、しかし、そこまで性に執着する老人を不気味だと思った。そういう人物だからこそ、メディア・メッツに対してあらゆる妨害をかけてくるのだ。

「だけど、最後はあなた、逃げだしてきたんでしょう？　どうしてなの？」

　令子が質問した。祐美は顔を伏せた。恐怖の色が浮かぶ。

「だんだん怖くなってきたんです。いえ、体のことじゃありません。特別病棟の看護婦の健康管理には、理事長はすごく気をつかって、やってくる人たちの血液検査なんかも厳しくしてましたから。Aランクのスペシャル・ケアをやった後は休養の時間もたっぷりくれましたし……問題は、私が秘密を知りすぎてしまったらしいことなんです」

　特別病棟は、言ってみれば光心会グループの接待用セックス・クラブみたいなものだ。看護婦チームには詳しいことは知らされないが、どういう人物の相手をしているのか薄々分かってしまう。特に祐美は、靖子が伯父の光政だけでなく、父親の光治とも性的なプレイをしている現場を目撃している。

　祐美は正看への奨学金、高額の手当、さらに母親の医療費という三重の枷で靖子に支配されていた。だから靖子も、忠実な祐美が反抗するとか、誓いを破って誰かに秘密を洩らすなどという可能性をあまり考えていないようだった。

　それは四カ月前のことだった。祐美はまた、光治の相手を務めさせられた。

　調教ルームで責め抜かれ、完全にのびてしまった祐美は、六〇四号室に連れ戻され、リビングルームのソファに寝かされた。

少しして意識を回復すると、ベッドルームから、まだ昂奮の覚めやらぬ光治と靖子が楽しんでいるらしく、時々呻き声や喘ぎ声が聞こえてきた。ドアが完全に閉まっていなかったのだ。

そのうち、楽しむだけ楽しんだらしい光治が靖子と話すのが聞こえてきた。

「ところで恵理子の方はどうした？」

「大丈夫。うまく記念病院の方へ送りこんでおいたから」

最初、頭がボーッとしていたこともあり、祐美はその意味が把握できなかった。恵理子というのは先輩の看護婦で、この数日、姿が見えない。何でも体調を悪くしていると聞いたが。しかし記念病院――正しくは坊城光信記念病院――というのは医療法人光心会に属する精神病院で、ときわ市の郊外の山中にあるのだ。ということは――。

「仕方がないわ。誰も予想してなかったんだから」

「だけど、発狂してしまうとはな……」

「恵理子はまずかったのよ。ドクター中原の話だと、彼女はもともとそういう素質があったんだって。でもそれで良かったのよ。彼女はこの病棟では一番古株だし、そろそろ辞めたいって言ってたから、どうしようかって考えてたところ。精神病院に入ってしまえば、後は彼女が何を言おうと信用してもらえない。うまく記憶を消せないナースはそうしようと思っているの。もちろん少しずつ入れ替えながらね。院長に言い含めておけば、一生、閉じ込めておくことも可能だし」

「それは名案かもしれんが、恐ろしい女だな、おまえも」

「何を言ってるの。こういう施設を作れって命令したのはパパじゃないの。私はパパやおじい様を満足させるために努力しているのよ……」

「まあ、おまえの努力のおかげで、おれたちの仕事がスムーズに動いていることは認めるよ。『金などいらない。ここに来て楽しませてくれ』って連中もいるからな。おまえと特別病棟は光心会グループの秘密兵器さ」

祐美はしだいに頭がハッキリしてくるにつれ、彼らの会話の意味が分かり、全身が総毛だつような恐怖に襲われた。

(理事長は、私たちの記憶を徐々に消して、この病棟のことを忘れさせる気なんだ。恵理子さんはそれが失敗して狂ってしまった。あの、カウンセリングやってるって言ってた男は、私たちに催眠術みたいなものをかけていたんだ！　光心会グループのことをいろいろ知ってしまった私たちは、最後は邪魔者として処分される運命なんだわ！)

特別病棟が作られてまだ年月がたっていないが、何年もやっていれば魅力を失って役に立たなくなる看護婦も出てくる。彼女たちは漠然と、そうなったら一般病棟に戻ってふつうの看護婦になればいい——というふうに思っていた。特別病棟でのことは若い頃の一時的な遊びみたいなものだと。

そうではないのだ。今こそ靖子の個人的な魅力や特別待遇で縛りつけているが、ここを離れてしまった彼女たちが、いつまでも秘密を守ってくれると靖子は信じていない。彼女たちがうっかり口を滑らせれば、光心会グループ全体が崩壊しかねない。それだけの秘密を看護婦たちは握っているのだ。

さっき二人が口にした恵理子という看護婦は、確かこの病棟では一番長い。それだけ知った秘密の量も多い。

しかし、祐美はそのことを誰に告げるわけにもゆかなかった。看護婦たちのほとんどは靖子に心酔しているから、周囲はみなスパイだ。密告されたりすれば今度は自分の身が危ない。警察に駆けこもうにも、ときわ市の警察、いや県警全体が光心会グループに支配されているようなものだ。「この子は気が狂っている」と靖子や医師が言えば、それだけで精神病院にほうり込まれる。

靖子たちの恐ろしい側面に気がついてみると、ときわ総合病院の暗い面も見えてきた。一見、最新の機器を揃えて治療をしているように見えるが、いたるところで手抜きが行なわれ、金だけはしっかり儲かるような仕組みになっていた。だから治療ミスも頻発する。しかし患者が訴えるとどこからか圧力がかかり、すべては闇の中で処理されてしまう。何しろ県や国の役人が特別病棟でスペシャル・ケアの接待を受けているのだから。

(こんなところには居られない。でも、どうしたものかしら……)

祐美は悩んだ。このままでいては、いつかは自分も始末されてしまう。しかし、逃げだせば、靖子たちは預かっている母親を殺してしまうだろう。何をする必要もないのだ。呼吸補助装置の管を外すだけで母親は死んでしまうのだから。

祐美は母親を愛していて、植物状態になってからも週に一度は様子を見に行っている。自分のせいで殺されるようなことがあってはならない。

煩悶《はんもん》しているうちに、数週間後、母親の容体が悪化して急死した。まるで娘の窮地を救ってやろうと考えたかのように。

(逃げるのなら今だ……)

祐美は非番の日、「母のお骨をお寺に納めてきます」と言い、スーツケース一つを提げてこっそり寮を出、そのまま上京した。

東京という大都会にまぎれこんでしまえば、祐美を捜すのは容易ではない。そのうち、二、三年もすれば彼らも祐美のことなど気にしなくなるだろう。いずれにしろ、祐美の方は自分から、その秘密を誰かに洩らす気持ちなどないのだから。

隆介も令子も首を横に振った。

「いや、そんなことで安心するような連中じゃないよ。突然にきみが去ったことで、やつらはあわてた筈《はず》だ。死に物狂いで捜していると思う。外出したりしなかったのは賢明なことだったが、いつまで安全でいられるか……」

「しかし、そんなことをやっている光心会グループって許せないわ。いま勤めている看護婦たちが始末される前に、何とかしないと……」

令子が怒気をこめて言った。隆介は頷いた。

「そのために一つ、方法がある。嵯峨エリカのビデオの問題と特別病棟をぶっ潰す、一石二鳥の方法がね……」

「どんな方法ですか？」

令子と祐美が同じ質問を同時にすると、隆介は答えた。

「祐美ちゃんに、ときわ市に戻ってもらうんだ」

第十二章　女医と女理事

　ときわ総合病院新館七階。医療法人光心会の理事長室のデスクに電話がかかった。秘書が告げた。

「行方不明になっていた看護婦、小松川祐美という子から電話がかかっています。どうしましょうか？」

　坊城靖子は一瞬、ハッと息を呑んだが、動揺を悟られぬようすぐに穏やかな口調になって命じた。

「私が出ます。つないでちょうだい」

　すぐに祐美の声が受話器から飛びだしてきた。半分泣いているようなグスグス声。背後にはひっきりなしに行き来する車の音。どこか道路に面した公衆電話からだ。

「もしもし、理事長ですか？　私、祐美です」

「おやおや、久しぶりね、メンタムちゃん。どうしたの？　急にいなくなったものだから私たち、すごく心配してたのよ。今どこにいるの？」

靖子の声はとびきりの猫撫で声だ。

「あの、私、自分で何をしてたのか覚えてないんです。気がついたら東京の病院に入っていたんです。昨日、ようやく、自分のことや理事長のことを思い出して、病院の人はもう少しいなさいって言ってたけど、振り切って飛び出してきたんです。でも、お金がないからヒッチハイクで、ときわ市を通るトラックに乗せてもらってここまで来たんですけど、降ろされちゃって……私、どうしたらいいか分からなくて……頭がまた痛くなって……」

受話器の向こうで怯えきった娘のすすり泣くような声。

「分かったわ、メンタムちゃん。もう大丈夫よ。私がすぐ迎えに行ってあげる。大丈夫よ、病院に戻ればすっかり良くなるから。私がすっかり治してあげる。今、居る場所分かる？そこ、どこなの？」

「えーと……あの、国道のバイパスだと思います。トド岬に行く手前の……大きなドライブインの駐車場です。そこの公衆電話ボックスからかけているんです」

「分かったわ。じゃ、ドライブインの中にいてね。二十分で迎えにゆくから」

靖子は秘書に「ちょっと出かけるわ。一時間以内に戻るから。特別病棟の婦長に個室を一つ空けておくように言って」と声をかけて、廊下を駆けるようにしてエレベータに飛び乗った。地下二階のガレージに直行する。そこには彼女の愛用しているポルシェ九一一が駐車している。靖子の乗った車は、ガードマンが目を丸くしている前をもの凄いスピードで飛びだしていった。

夕闇が濃く、雨も降りだした。靖子は乱暴な運転で渋滞した国道を強引に突き抜けてゆく。

（やれやれ、結局はあのヘボ医者の催眠操作のせいだったか……）

靖子は胸を撫でおろす気持ちだった。三カ月前、祐美が突然失踪した時は、ひどくあわてたものだ。彼女を繋ぐ鎖だった母親が死んだ直後だっただけに、どうしても意図的な脱走かと疑う。親友の梨紗でさえ、彼女の行動についてはまったく知らないという。

そのことを知った光治は激怒した。「徹底的に捜し出せ」と娘を怒鳴りつけた。

新幹線プラットホームで見かけたという情報から上京したのだろうと見当をつけ、私立探偵をつかって都内の看護婦のいる病院、医院をかたっぱしから調べさせていたのだ。

（しかし、精神がそうとうに不安定になっている。いつ、特別病棟のことを誰かに話すかもしれない。こうなったら始末してしまおう）

特別病棟に連れ帰ったら、精神科の部長に命じて向精神薬を大量に投与して人為的な発狂状態にさせる。その上で診断書を書かせ、傘下の精神病院に送りこむのだ。彼女は幸い、あまり気にかけている身内がいない。だからすぐに忘れ去られてしまうだろう。最初からそういう条件を備えた少女を探してきたのだ。こういう時のために——。

(記憶抹消操作がダメなら、知りすぎた看護婦は順番に殺してゆこうか。事故とか自殺に見せかけて……一人入れたら古参を一人、殺してしまうのだ。サブとテツに頼めばいい。どうせあいつらは、そういうことのために巫山連合から派遣されているんだから……)

いろいろ考えているうちに、祐美が電話をかけてきたドライブインに近づいた。駐車場は広く、駐まっている車は少ない。

靖子はポルシェを食堂の前に乗りつけて中に駆け込んだ。しかし祐美の姿はない。

(どこにいるの? また、どこかに行ってしまったのかしら?)

誰か手伝ってくれる人間を連れてくるんだったと思い、舌打ちした。とりあえず、霧雨にけぶる駐車場を見渡す。公衆電話ボックスが三つ並んでいた。そのうちの一つに女性が入っている。電話をかけているのではない。床に蹲るようにしている。ベレー帽をかぶりレインコートの襟を立てているが、若い娘のようだ。

(あそこだ。私に電話をかけてきて、そのままずっとあそこにいたんだ……)

ホッとして足早に電話ボックスに近づき、ドアを開けた。その娘の肩を叩く。

「メンタムちゃん、待たせたわね、私よ」

その娘は立ち上がりながらパッと振り返った。

「あ」

靖子は息を呑んだ。祐美ではなかった。娘でもない。自分と同じ年頃の美女が、若い娘のような身なりをしてしゃがんでいたのだ。

「待っていたわよ、理事長」

美女の手にした小型の懐中電灯のようなものが靖子の手に触れた。

ビシッ！

爆風に吹き飛ばされたように靖子の体が後ろに跳ねとぶ。倒れる前に美女——鷹見令子が体を抱きかかえて、素早くクロロホルムを含ませたガーゼを鼻に押し当てた。

黒いステーションワゴンがゆっくりと電話ボックスに近づいてきた。横腹には患者輸送サービスの会社名が書かれている。二人の男が飛び出した。一人が意識を失ってぐったりした靖子の体を鷹見令子から受け取る。もう一人の男がワゴンの後部ドアを持ち上げた。そこには患者輸送用のベッドが入っている。靖子はその上に寝かされた。顔の上まで毛布がかけられる。

ポルシェの鍵を見つけたもう一人の男が、それに飛び乗ってどこかへ走ってゆく。

「万事オーケイです。さっ、行きましょう」

鷹見令子はベレー帽とレインコートを脱ぎ、後ろの座席に座っている娘へと手渡した。祐美だ。その横には福川隆介。

「感服したよ。キミはプロの誘拐者になれる」

「貸してくれたスタンガンのおかげよ。すごい効き目ね」

令子は笑って助手席に乗りこんだ。後部ドアを閉めた男が運転席に乗りこみ、すばやく国道へ車を乗り出す。運転者が替わったポルシェもその後に続く。


意識をとり戻した靖子は、最初、自分が交通事故に遇ったのだと思った。でなければ、こういう見知らぬ場所にいるはずがない。しかも診察台の上にくくりつけられて。ここは病院に違いない。

それにしても不思議な病院だ。診察台も、頭上で輝いている無影灯も、設備は最新のものなのに、部屋全体は古い洋館の広間という感じなのだ。高い天井。黒々と光る壁の鏡板、隅にある古びた大理石のマントルピース。窓にはどっしりとした緞子《どんす》のカーテンが引かれている。外は夜なのか昼なのか、それも分からない。ずいぶん静かだ。救急病院ならもっと騒がしいはずなのに。

(どこなの、これは？　怪我をしたのならときわ総合病院に運んでくれたらいいのに)

だんだん頭がハッキリしてきた。記憶が甦ってくる。電話ボックスの中で祐美と間違えた女が自分に懐中電灯のようなものを突きつけたこと。その時の衝撃を。

（事故じゃない！　私は襲われたんだわ！）

嗅がされた麻酔薬の甘ったるい匂いまで、なまなましく甦ってきた。

起き上がろうとして両手も両足も、胴体までベルトでしっかりと診察台に固定されていることに気がついた。胸から腰に大きなタオルをかけられているが、服は下着まで脱がされて、一糸纏わぬ全裸なのだ。

「うー……」

声を出そうとして口の中に異物を押しこめられていることに気がついた。息は出来る。意味のある言葉が出ないのだ。

（これは、気道確保のためのマウスピース……）

癲癇《てんかん》、脳出血などで意識を失った患者が、舌を巻き込んで窒息するのを防ぐために嚙ませるマウスピースだ。柔らかいプラスチック製で舌を下顎に押さえつける役目を果たす。呼吸は出来るが声は唸り声しか出ない。

「うーっ！　うぐ！」

捕らわれたと気付いた者に必ず襲いかかるパニック状態。意志に反して拘束された時、人間は心底怯えてしまうものだ。診察台がガタガタ揺れたが、だからといってどうなるものではない。

(何なの、これは!? いったい、どこの誰が?)

必死に冷静になろうと努めた。全身にバーッと噴き出た脂汗が冷えて腋《わき》の下を流れる。

(そうだ。祐美が電話をかけてきたんだ。だから迎えに行ったのだ……)

そこで待ち伏せされたのだ。ということは、祐美は誰かの指示で自分に電話をかけてきたのだ。記憶喪失にかかったというのは、では嘘だったのか。

(ということは……)

自分に敵対する者の仕業だ。自分を敵に回すということは、坊城一族の光心会グループを敵に回すということだ。そんなものがどこにいるというのだ。

靖子は混乱してしまった。再びとてつもない恐怖が襲いかかってきて、拘束具をひきちぎろうと無駄なあがきを続けた。

「何を暴れているの」

女の声がして、靖子はギョッとして動きを止め、声が飛んできた方に顔をねじった。

広間のドアが開いて、女が歩いてくる。医師が着るような白衣を着ている。すらりとした脚に黒いハイヒール。呆然として靖子は女の顔を見つめた。

（この女だ。私に電気ショックを与えたのは……）

白衣のポケットに両手を突っ込んだまま、その女は診察台の傍までやってきた。そこに拘束されている女の顔を上からしげしげと眺める。

「まあ、それだけ暴れられるんだから、ダメージはたいしたものではなかったようね。ふむふむ……」

視診する態度からして医師に間違いない。靖子も病院の人間だから、この女が女医であることを確信した。しかし、これまで会ったことがないのは確かだ。だが、自分とよく似ている。体つきも顔つきも。つまり三十代半ばの、自立した理知的な美人。

相手も同じことを考えたに違いない。

「よく似ているわね、私たちは」

ポケットから抜いた手でサッと靖子の体を覆っているタオルをはぎ取った。

「!…………」

靖子は自分の肉体には自信があったが、心の準備なしに同性の美女の目にすべてを晒されて、縮みあがるような思いをした。湧き上がる屈辱と羞恥。

「体もなかなかのものよ。私より少し上の年齢にしては……。よく引き締まっているし。でも、ここは醜いわね」

女医の手が靖子の頭部を突く。

「あなた、病院を何だと思っているの？　医者を何だと思っているの？　看護婦を何だと思っているの？　人の病を癒し、人の心を癒す神聖な職業を、よくも平気で踏みにじれるものね……」

気の強い靖子のことだ。ふだんの状態なら猛然とやり返すところだが、真っ裸にされて診察台にくくりつけられていては、文字どおり手も足も出ない。必死になって睨み返すだけだ。

（いったい何なのよ、あんたは？　私は坊城一族の人間なのよ。私をこんな目に遇わせたことが知れたら、祖父や父や伯父は、あなたを生かしてはおかないわよ！　さっさと私を自由にしなさい！）

胸のうちで悪態をつくだけだ。女医は靖子の表情をつぶさに観察して、薄く笑った。

「まあ、根性が腐るだけ腐った女に何を言っても無駄らしいわね。それじゃ、私も、やるだけのことをやらしてもらおうかしら」

薬や器具の入った戸棚のところに行き、二本の小型注射器を手に戻ってきた。

足台でガバっと広げられた腿の付け根を消毒すると、まず一本目を打った。

「分かるわね。あなたが自分の父親のために生贄にしたのと同じ注射よ。アンフェタミン

——覚醒剤。これであなたは苦痛に対する耐性が増強したわ。快楽に対する感受性もね。そしてこちらの薬は……」

もう一本を手際よく反対側の太腿へ打つ。

「VIP——といっても、あなたのことじゃないのよ。バゾアクティブ・インテスティナル・ポリペプチド。性器の充血を促す薬。男性のインポテンツの治療に使われるんだけど、女性にだってよく効くの。まあ、見ててごらんなさい、楽しいことになるから」

女医は薄いゴム手袋をはめた手で、靖子の濃密に繁茂した剛毛の草むらを掻き分け、ぼってり厚い秘唇を広げるようにして、消毒用ガーゼで清拭した。

(何をする気、この女？　アンフェタミンなんか私に打って……)

靖子は怯えた。この女医は特別病棟のことを知っている。責められる看護婦たちにアンフェタミンを注射させて、凄絶な責めに耐えさせたことも……。

(祐美からだわ。あの子が秘密を洩らした……)

怒りとショックで体が震えた。まさか裏切るまいと思った祐美が、この女医に特別病棟のことを曝露してしまったのだ。この女医は自分を制裁する気なのだ。

(くそ、あんなに面倒を見てやったのに。裏切り者。見つけたらタダじゃおかない！)

心の中で悪態をついた。しかし、激した感情は長続きしなかった。突然襲ってきた眩暈、吐き気といった感覚に圧倒されてしまったからだ。

さらに彼女を困惑させたのは、子宮を中心にして体の奥から湧き上がってきた熱気だ。

（いやだ。ムズムズしてきた。何なの、この薬は？）

ジッと観察していた女医が満足そうに微笑し、頷いた。

「効いてきたようね。なんだか腰をモジモジさせてるじゃないの。ほら、クリトリスが自然に勃起してきて。ふうん、あなたのはずいぶん大きくなるのね。だからレズっ気が強いんだ
……」

靖子は真っ赤になった。こともあろうに、女医の目の前で大きく割り広げられた自分の性愛器官が昂奮状態に突入してしまったのだから。膣口から愛液が滲み出、会陰部をしたたるのが自分でも分かる。

（クソッ、何てことをするのっ）

狼狽する彼女を裏切って子宮が熱く疼きだした。乳首も固くしこり、ピンと突き出してしまった。自然に腰がくねりだす。まるでステージの上で演技をするストリッパーみたいに。

「む、うー……ううっ」

靖子は必死になって他のことを考えようとした。ここで発情した自分をさらけ出して女医の思うがままになるのはイヤだ。だが無理だった。子宮から発した熱は全身に拡がり、吐く

息まで燃えるようだ。呼吸が荒くなり、腹部はふいごのように上下しだす。

「私はね、自分でこの薬を注射したことがあるの。だからあなたの今の状態がよく分かるのよ。もう、やりたくてやりたくてたまらなくなるでしょ？　何でもいいからぶちこんで欲しいって気になってるでしょ？　どう？」

女医は彼女の下腹の上に屈みこみ、秘毛のジャングルを分けて秘唇の上端に突き出てきた赤く充血したクリトリスにフッと息を吹きかけた。それだけで靖子はビクンと跳ね上がった。

「むー、ううっ！　ぐー！」

女医は愉快そうに笑った。

「おやおや、エンジンはフルパワーね。息だけでイッちゃいそう。あなたも相当に好きな女なんだ。そりゃそうよね、自分の父親や伯父さんとも平気でセックスしまくる女だそうだから……」

ゴム手袋をはめた右の人指し指を膣口へあてがい、とめどもなく愛液を流れさせているその部分からそろそろと襞肉の奥へと押しこんでゆく。

「ぐー、うぐく、ぐー、うーっ」

入口から少しの所で指は停止した。靖子の体はもう意志に関係なく自然に動きだした。その指をもっと中まで入れてもらいたくて、激しく腰を前に突き出す。何度も。

「おやおや、理事長と呼ばれて病院中の人間がひれ伏すような女が、どういうこと？　なんてはしたない腰の動かし方。いやらしい女」

そう揶揄《からか》いながら少しだけ指を動かして前壁を強く擦る。

「グヒーッ！」

すさまじい快感電流が体内でショートしたみたいで、靖子の肉体が診察台の上で跳ねた。脂汗にまみれた裸身から熟女の匂いがムンムンと発散している。女医の指はスッとひき抜かれた。

「う、うー、ううッ」

欲求不満のあまり、気が狂いそうになった靖子は、必死になって訴える。もう一度、玩弄してくれと。

女医はカセットテープレコーダーを持ち出してきて、そのスイッチを入れた。

「もしイカせてほしかったら、私の質問に答えてほしいの。でないと、あんたが狂い死にするまで、中途半端な状態でいたぶってあげるわよ。さあ、どうする？」

テープレコーダーを見て、一瞬、正気に戻った靖子は激しく首を振った。これは拷問なのだ。オルガスムスの一歩手前で刺激をやめられたら、どんな女でも気が狂いそうになる。しかし、なんという甘美な拷問だろう。苦痛はまったくない。それでも靖子は、鞭で打たれるより何層倍も悶え苦しむのだ。

もう二度、三度、同じことを繰り返されると、靖子は屈伏した。目を吊り上げ、眼球をカッと剝き出しにして首を上下に激しく振った。女医の言うことを何でも聞く気になったのだ。今、この瞬間の埒《らち》さえあけてくれれば、光心会グループのことも特別病棟のことも、どうでもいいような気持ちになった。

「ほう、言うことを聞く気になった？　じゃ、答えて」

女医は口の中に押しこんでいた気道確保用のマウスピースを抜き取った。はあはあ、ぜいぜいと、犬のように舌を出して喘いでいる虜囚に尋問を開始する。彼女の指は靖子の膣の中で微妙に動いている。

「嵯峨エリカを誘拐してレイプする計画をたてたのは誰？」

「そ、それは……」

「答えないと、抜いてしまうわよ」

「や、やめて！」

「なら、言いなさい」

「パパよ、パパが言いだしたの！」

「パパの名前を」

「坊城光治っ。おお、うをっ、あーあうっ」

「一つ答えただけでイカしてもらえるなんて虫がいいわ。催眠術をかけたんでしょ？　それをやったのは誰？」

「あうっ。う……T大精神神経科の助教授、中原研一《なかはらけんいち》よッ」

「ほう、なるほど。あの人の催眠誘導治療はなかなかのものだと聞いてたけど、光心会はそこまでシンパを増やしてたのね。さて次は、光心会グループと巫山連合の関係だけど」

甘美な拷問はえんえんと続けられた。靖子はオルガスムス欲しさにベラベラしゃべった。すべての秘密を。

三十分後、靖子は合図をした。衝立の陰に待機していた数人の男が診察台をとり囲んだ。福川隆介直属の調査室にいる男たちだ。みな刑事、記者、私立探偵などの前歴があり、メディア・メッツ・グループの障害を排除するために動く。今回の靖子の誘拐も彼らが計画をたてた。もっとも、令子は強引に自分を加えるように要求したのだが。

「じゃ、この女を隣の部屋に運んで下さい」

たちまちのうちに靖子は診察台から持ち上げられ、第二診察室の隣の部屋までかつがれていった。

そこは単なる物置部屋なのだが、今は応急のスタジオになっていた。壁には布がかけられ、床に置かれたマットに向かってスポットライトが二灯点けられている。業務用のビデオカメラを担いだ男が二人、待ち構えていた。その傍には黒革の全頭マスクをすっぽりかぶり、顔を隠した男が二人。どちらも筋肉が隆々としている。肌は真っ黒で、油を塗ったようにテカテカと光っている。ブリーフの股間は驚くほど盛り上がっている。

全裸の靖子はマットの上にほうり投げられた。

「さあ、最初は自分の手でイキなさい。そうしたらここにいる二人が、あんたを死んでもいいというぐらい楽しませてあげる」

靖子は火のように燃えて疼く、濡れ濡れの粘膜へ指を突きたて、思いきり自分自身を辱めはじめた。カメラが回る。

三十秒もしないうちに熟女の艶麗な裸身はマットの上でのけぞり、痙攣して悶えた。

「あうっ、あーっ、おおお、うぐーウッ！」

そのあられもない姿を見て、二人の黒人は激しく昂奮して下着を脱ぎ捨てた。ふつうの人間の手首ほどもあるような巨根が飛びだした。幹は黒いが先端は鮮やかなピンク色だ。どちらも先端から透明な液を滲み出させている。

「前菜の次はいよいよ、お待ちかねのメインディッシュ。さあ、食べなさい」

靖子はうっとりとした目で、二本の黒い巨根を見つめ、それから一人の男の股間へとにじりより、口を大きく開けてむしゃぶりついた。

エピローグ

三日後、また夜の十時すぎに、隆介の乗った黒いベンツが鷹見邸へ入っていった。

隆介は診察室へは向かわず、まっすぐに階段をのぼってゆく。彼は今夜は診察に来たのではない。

自分の部屋にいた令子がドアを開けて待っていた。彼女はすでにネグリジェ姿だ。パールピンクのネグリジェの下に黒いパンティが透けて見え、ひどく煽情《せんじよう》的だ。

「どうでした？　話はつきました？」

シャンパンのグラスを手渡しながら令子が訊く。

よく冷えた泡立つ液体を一気に飲み干してから、隆介は上着を脱ぎ、ネクタイを緩めてソファにどしんと腰をおろした。彼は今日、巫山連合の舎弟企業で、嵯峨エリカのファックビデオをネタに恐喝してきたオフィス・カツの勝沼喜太郎らと二回目の話しあいを持ったのだ。

「うまくいったよ。あのビデオを見せて『これを光心会グループの総師と代表の光治に見せてやってくれ』と言ったら、何も言わずに帰っていった。その後で光治から電話が来た。『よくもやってくれたな』と怒っていたが、結局、どちらのビデオも永久的に発表しないことで話がついた。核兵器みたいなもんだ。どっちかが使えば、使われた方も反撃せざるをえない。たちまち全面戦争になる。冷戦時代のアメリカとソ連さ。もちろん、こっちの方が武器としては強いから要求は飲ませた。トド岬一帯の開発をこちらに任せること、ときわ総合病院特別病棟の閉鎖と、看護婦チームの身の安全、この三点だ。関係した看護婦のうち、誰か一人でも行方不明になったり精神病院に入ったりしたら、こっちは靖子がベラベラしゃべったテープをすべてのマスコミに発送するってね。もちろん北友新聞、北友テレビでもがんがんキャンペーンを打ってやる。光治は震えあがっていたよ。あ、そうだ。これは別の筋から入った情報だが、坊城光信は脳梗塞を起こして倒れたらしい。ときわ総合病院へ運びこまれたが危篤状態らしい。もし命をとりとめたとしても再起不能だろう。これでF県では坊城家の支配力も弱まるだろう」

令子は眉を顰めた。

「あらあら、それは気の毒ね。可愛い孫娘が二人の黒人とやりまくっているビデオを見ておかしくなっちゃったのね」

「そうだろうな。まあ、自業自得だ」

「あの、靖子って女はどうしたの？」

二十四時間、この邸に監禁された坊城靖子は、次の日、再びときわ市へ送り返された。彼女は自分のポルシェの中でボーッとしているところを、血眼《ちまなこ》になって探していた光心会グループの配下に見つけられた。

「祐美が連絡をつけてくれた夏木梨紗という看護婦の話だと、戻ってきてから調教ルームに入れられっぱなしらしい。光政と光治、それに県知事の光之が出たり入ったりしている。ヤクザのサブとテツも来たとか。可哀想に、ヤキを入れられてるんだろうな。まあ、殺されることはないだろうが、理事長は解任されるらしい」

「それを聞いても、まったく同情する気にはなれないわ。でも、これで祐美ちゃんの身も安全になったし、福川さんの方の問題も片づいたわけね」

「それも、きみのおかげだよ」

「だって、祐美ちゃんが可哀想だったから、ここは一肌脱がねばと思って」

「そうそう、祐美ちゃんはどうしてる？」

令子はフッと微笑を浮かべた。

「今夜もまた、あの飯沢さんがやってきたのよ。挿入テストをさせてくれって……目的は祐美ちゃんに会いたいだけなのよ。だってインポテンツは完全に治っているんですもの」

「うーむ、恋は盲目というやつだな。それでどうしたの？」

「『もう診察室で治療の必要はないから、お話をしたいのならしなさい』って言って診察室に二人きりにしてあげたの。まだいるはずよ」

令子は壁ぎわの防犯装置のパネルを開けた。中のスイッチを操作すると、監視ビデオの映像が切り替わって、第二診察室を天井から見下ろす映像が映った。隆介は目を剝いた。

「驚いたな。診察室を別の部屋から見られるようになっているのかい？」

「誤解しないで下さいね。あくまでも治療効果を確認するためのものよ。マントルピースの内側にカメラを設置してあるの」

「おれには単なる覗き趣味のように思えるけれどね。おお、飯田——いや、飯沢のやつ、頑張っているじゃないか」

隆介は感嘆の声をあげた。彼が紹介した若手官僚は全裸で、セーラー服姿で診察台に横たわる祐美の股間に顔を埋めている。彼の男性器官は逞しく怒張している。

「これで見る限り、確かにインポテンツではないな」

呟く隆介。

セクシィなネグリジェを纏った女医は彼の傍に跪き、ズボンの上から隆介の股間を撫でる。

診察台にくくりつけられた祐美の、セーラー服の上衣はまくりあげられ、乳房がまる出しになっている。襞スカートは脱がされ、パンティはひき千切られて床に落ちている。

「うーむ、サディスティックな性格だな」と隆介。

「これでいいんです。男のセックスは攻撃的な方が」

「あなたはフェミニストだと思っていたけれど」

「ベッドの中でもフェミニストだとは限りませんわ」

　女医は妖しく笑う。

　祐美の秘部に熱烈な接吻を送っていた青年は、立ち上がって自分の怒張を可憐なナースの肉体に打ちこんだ。悲鳴のような声をあげてのけぞる祐美。

「祐美ちゃん、愛しているんだ。おれと結婚してくれ」

　抽送しながらかき口説く青年。祐美が首を振っているのは、拒否なのだろうか、ただ悶えているからなのか。

「さあ、私たちも楽しみましょう」

　女医は隆介をベッドに誘った。隆介は女医の脱ぎ捨てたガウンの腰紐をとりあげた。

　レースの黒いパンティ一枚になった女医は、両手を後ろに回して手首をそれで縛られた。

「福川さんに、こういう趣味があるとは知らなかったわ」

　令子は驚いた顔をした。縛られたのは初めてだ。

「たまには変わった楽しみもしてみたい」

うつ伏せにした女医の下半身から黒い下着を脱がせ、まる出しの臀部を掌で叩いた。優しく。低く呻いた令子が訴えるように囁いた。

「もっと強く叩いて……ああ」

福川隆介はただの牡になった。

この作品は一九九三年二月フランス書院文庫より刊行された
『女医令子・姦虐病棟』を加筆訂正の上、改題したものです。

GENTOSHA OUTLAW BUNKO

秘密診察室《ひみつしんさつしつ》

館淳一《たてじゅんいち》

平成18年4月15日　初版発行

発行者――見城　徹

発行所――株式会社幻冬舎

〒151-0051東京都渋谷区千駄ヶ谷4-9-7

電話　03(5411)6222(営業)

03(5411)6211(編集)

振替00120-8-767643

印刷・製本―図書印刷株式会社

装丁者――高橋雅之

幻冬舎アウトロー文庫

ISBN4-344-40785-7　C0193　O-44-6